中华先锋人物
故事汇

高德荣

满山挂起金果果

GAO DERONG
MANSHAN GUAQI JINGUOGUO

唐池子 著

图书在版编目（CIP）数据

高德荣：满山挂起金果果/唐池子著．—南宁：接力出版社；北京：党建读物出版社，2021.6
（中华人物故事汇．中华先锋人物故事汇）
ISBN 978-7-5448-7222-5

Ⅰ.①高… Ⅱ.①唐… Ⅲ.①传记小说－中国－当代 Ⅳ.①I247.5

中国版本图书馆CIP数据核字(2021)第101641号

高德荣 —— 满山挂起金果果

唐池子 著

责任编辑：王琪瑢　谢洪波
责任校对：刘会乔　高　雅
装帧设计：严　冬　许继云　　美术编辑：高春雷
出版发行：党建读物出版社　接力出版社
地　　址：北京市西城区西长安街80号东楼（邮编：100815）
　　　　　广西南宁市园湖南路9号（邮编：530022）
网　　址：http://www.djcb71.com　　http://www.jielibj.com
电　　话：010-65547970/7621
经　　销：新华书店
印　　刷：中煤（北京）印务有限公司
2021年6月第1版　　2023年4月第3次印刷
787毫米×1092毫米　32开本　　5.5印张　　80千字
印数：15 001—20 000册　　定价：25.00元

本社版图书如有印装错误，我社负责调换（电话：010-65547970/7621）

目录

写给小读者的话 ·················· 1

一个健康的"顶" ················ 1
淳朴的独龙族 ···················· 5
在大自然中长大 ················ 13
新生活的挑战 ···················· 17
"顶"要上学了 ···················· 25
第三件大事 ························ 33
走出独龙江 ························ 39
艰辛求学路 ························ 45
把家安在独龙江 ················ 51
孩子们的高老师 ················ 59

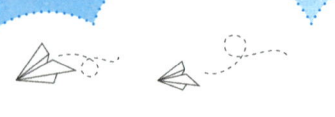

遍访全乡······65

黄山羊和独龙牛······71

独上贡山······79

老县长赶集······85

"刨雪队长"······89

重建"天梯"······101

最不像干部的干部······111

老县长的"秘密基地"······123

天堑变通途······137

一跃千年······147

独龙族的儿子······157

写给小读者的话

有一个男孩,在他十三岁生日这天,老师借给他一本书。他爱上了这本书,决定将来要做一个像书里主人公那样顶天立地的英雄。那本书,叫《雷锋日记》;那个英雄,叫雷锋。"一滴水只有放进大海里才永远不会干涸,一个人只有当他把自己和集体事业融合在一起的时候才能最有力量。"雷锋说得多好啊!这些话语像有魔力,吸住了他的心;又像火塘烘暖了他的心,让他感觉到自己的心一阵一阵滚烫,像要喷出一把火来。

这个男孩思考着,咀嚼着,这些话激励着他,吸引着他,让他觉得这个世界大起来、亮起来,感觉自己也大起来、亮起来。他感觉自己学习、干活儿更有劲了，所有来自学校的、家庭的困难似乎变小了，他感觉自己心里有了一个滚烫的理想，像升起了一个小太阳，把他内外照得亮堂堂的。

这个男孩出生在一个贫困的独龙族人聚居的村寨。一九四九年以前，独龙族人民长期处于挨饿受冻的状态，每年大雪封山时，有大半年与世隔绝。小男孩受到了英雄雷锋的激励，从小立志要当改变民族贫困命运的大英雄，为独龙族人民找到一条脱贫致富的幸福之路。他坚信中国共产党的领导，坚定不移跟党走，坚持不懈地带领独龙族同胞艰苦奋斗，在社会各界的帮助下，终于在二〇一八年底，实现独龙族整族脱贫，独龙族人民一跃千年，过上了现代、富足的好日子。

非常神奇的是，半个世纪后，当年崇拜雷锋的少年，名字居然与雷锋同时出现在二〇一九年中国"最美奋斗者"的名单上。他的奋斗故事，正是习近平总书记提出的"崇尚英雄才会产生英雄，争做英雄才能英雄辈出"的生动体现。这个当年的少年，就是"人民楷模"、"最美奋斗者"、独龙族带头人、"老县长"高德荣。

时代需要英雄,时代召唤英雄。亲爱的孩子们,立志需趁早,希望你们以高德荣这样的英雄为榜样,心有山河万顷,眼有春光无限,希望奔跑的你们志达梦圆。

借此特别感谢云南省怒江傈僳族自治州组织部、贡山独龙族怒族自治县组织部为本书采访写作提供的帮助。

一个健康的"顶"

一九五四年三月五日,高德荣出生在云南省独龙江乡巴坡村,他家的垛木房在独龙江下游的一片低谷台地上。

垛木房里的火塘正烧得噼啪作响,明亮的火影摇晃着,风吹来从湿木头里逸出的阵阵松脂清香。

听,那是什么声音?从那芳香中浮出一声春天的脆响——像月亮落到水里,像星星跌到冰上,像阳光洒在人们的心上——那是一个呱呱坠地的健康的男娃娃的啼哭声,随后是一个女人惊喜的叫声:"啊,是一个健康的'顶'!"

顶,意思是排行第二的男孩。独龙族男孩女

孩按出生次序有固定的称呼。第一个出生的男孩叫普，第二个叫顶，第三个叫奎，第四个叫兹……第一个出生的女孩叫娜，第二个叫妮，第三个叫恰，第四个叫嫩……高德荣排行老二，他还有一个未能出生就死在母亲腹中的哥哥。在怀他时，他的阿贝（独龙语，爸爸）和阿梅（独龙语，妈妈）举行过"索拉乔"仪式，希望这次能生下一个健康的男孩。

终于，他们有了一个健康的"顶"，善良勤劳的戛木力家族终于有了自己的第三代。

就在这幢简朴的垛木房里，一家人喜滋滋地端详着这个敞着嗓子哭得嘹亮的孩子。虽然看上去像蓓蕾一样娇嫩，可瞧他的头，像高黎贡山的雪岩一样结实，瞧他握得紧紧的拳头，像独龙江边的青藤一样有力。戛木力家族确信这个孩子将给他们带来崭新的希望。只是戛木力家族预料不到，他们的"顶"，不仅是戛木力家族的希望，而且是独龙族的希望，他将带领独龙族人跟随党的指引，找到一条通往幸福的道路。十二年后，这个"顶"走进了学校，老师给他取了一个响亮的名字——高德荣。这个孩子做到了人如其名——以品德高尚为荣。

高德荣，共产主义的忠实信仰者，中国优秀共产党员代表，一心为人民谋福利，忘我无私的好干部，带领独龙族人民摆脱贫困走向小康，"一跃千年"的带头人。他既是谨守党性原则的优秀干部，又是敢作敢当的独龙族带头人；他既是谦逊淡泊的谦谦君子，又是奋斗实干的独龙汉子；他既是身先士卒的领导者，又是与群众融为一体的普通人；他为党的事业奋斗五十春秋，退而不休；他为人民喜忧奉献一生心血，终而不悔。

高德荣，这位被授予"人民楷模""最美奋斗者"等荣誉称号的优秀共产党员，因为担任为人民排忧解难的贡山独龙族怒族自治县县长，在群众中口碑广传，即便后来他调任怒江傈僳族自治州人大常委会副主任，也仍被老百姓亲切地称为"老县长"。如今老县长已过花甲之年，仍然奋斗在带领独龙族人民奔向幸福小康的康庄大道上。他的世界，如同江海高山般辽阔；他的故事，就是一个美丽的奋斗故事。

淳朴的独龙族

独龙江西岸的高山叫担当力卡山，这座山是中缅分界山：山的东面是中国，西面是缅甸。担当力卡山和高黎贡山之间流淌着一条江，这条江就是独龙江。独龙江乡是全国唯一的独龙族聚居地，面积约为一千九百七十四平方公里，和深圳的面积差不多。不过独龙江乡只有四千多名独龙族人常住，深圳的常住人口却有一千三百多万，是独龙江乡的三千多倍。我们不难看出，独龙族人数少，是云南少数民族中的少数民族；独龙江乡地理位置偏僻，地广人稀。

独龙族被称为"太古之民"，是一个古老的民族。他们深居原始森林和峡谷江边，有语言，但没有自己的文字，主要通过刻木、结绳的方式记事和传递信息。他们早期居树巢、洞穴，后来住简单的垛木房和竹篾房。独龙族人讲信用，重承诺，说过的话从不反悔，始终保持"路不拾遗，夜不闭户，物各其主"的淳朴民风，这是他们的道德传统。他们出门一般都不锁门，过路人可以借用火塘烧茶、做午饭。盗窃被认为是一切行为中最不道德的。

独龙族人采取集体劳作的方式进行农业生产，大多数时候平均分配任务，但会优先照顾孤寡老人或病人。分食物时，大人小孩平均等分。独龙族人生活很贫困，但没有乞丐，生活困难的人走到任何一家，主人都会像对待自己家人一样，分出一份食物给他。村子里有人缺粮时，大家会集粮相助；平时哪家捕获野兽或杀猪，会与全村寨的各家各户共同分享；家里有客人来，一定会热情招待。他们遵循"凡有事大家相互帮忙"的美德，从不索取任何报酬；村里有人婚丧娶嫁，客人们都会带着礼物不请自到；他们还始终保持传统家族观念，谁家姑娘出嫁、儿子娶亲，全家族的人都会来帮忙，有力的出力，有物的出物，有衣的出衣。

可就是这样一个民风淳朴、与世无争的民族，在历史上却饱受剥削，深受苦难。它的历史，是一部沉重的被压迫史，同时也是一部不屈的斗争史。

独龙族以前一直被国内各种反动统治势力压迫和剥削。同时，近代一百多年来，外国侵略者入侵，所到之处，烧杀抢掠，无恶不作，他们也遭受着帝国主义侵略者的压迫。

国民党统治时期，在独龙江推行保甲制，摊派各种苛捐杂税，无限剥削勒索。有一年国民党的飞机飞过独龙江上空，居然要强迫独龙族人交"看飞机税"。已经穷得活不下去的独龙族人奋起反抗，这个税才没有真正上缴。

几个世纪以来，祖祖辈辈生活在深山峡谷的独龙族人，渴望原始宁静、与世无争的生活，却躲不开层层剥削压迫。挣扎在死亡线上的独龙人奋起反抗，但势单力薄，寡不敌众，摆脱不了受欺压的命运。

人祸躲不了，天灾也时有发生。因为地处板块活跃地段，独龙江乡经常发生泥石流、雪崩、地震等自然灾害。又由于雨季过长，峡谷阴湿，医疗条件落后，容易导致传染病传播。

严酷的自然环境和严苛的税收剥削，天灾加上人祸，让独龙族千百年来饱尝苦难。他们虽然胼手胝足，刻苦辛劳，却吃不饱，穿不暖，生活在水深火热中。直到新中国成立前，独龙族仍保持着原始社会的生产方式，刀耕火种，轮歇轮作。耕地大部分是不固定或半固定的，工具还处于木、竹、铁器并用的时代，没有犁、耙，只有"恰卡"（小铁锄）和"夏木"（铁砍刀）。独龙族人在耕种时还不会使用畜力，牛只用于祭祀。盐、铁依靠外来输入，价钱昂贵，两头肥猪能换一把铁砍刀，一头黄牛能换两把斧头，盐价更是堪比黄金。

刀耕火种的农作方式产出很低，他们每日只吃两餐，缺粮户占百分之九十以上，青黄不接时，只能靠吃山茅野菜度日。很多人整年吃不上盐，只有在传统节日上或猎获野兽时才能吃到点肉。他们衣着十分简单，赤足。晚上全家人躺在火塘边取暖过夜。孩子长大成家后，就在家中另增一个小火塘。火塘是家的象征，用来做饭、烧水、取暖，是房子中最重要的设施。

火塘是独龙人的保护者，它和独龙人一起默默承受着苦难。在古老的火塘边，独龙人流着泪轻声哼唱民歌，抒发他们心中积郁的愤懑，渴望摆脱扼进他们血肉中的深重的苦难。

阿爹留下的茅草棚哟，
挡不住豺狼的侵犯，
阿妈留下的麻布片哟，
遮不住冰雪的严寒。

哪年哪月哟，
春风才吹到独龙江畔？
何时何代哟，
阳光才照到独龙江的寨子？
——独龙族民歌《阿爹的茅草棚》

善良的独龙人啊，脆弱的茅草棚，怎么抵御

侵犯者的贪婪和刀枪？高黎贡山那么高，独龙江那么长，独龙江人这么善良，可是世道的公义在哪儿？难道独龙人天生就是被欺压的奴隶吗？

又过了半个世纪，终于，春雷响了。一九四九年，中华人民共和国成立。春风终于吹到了独龙江畔，阳光终于照进了独龙江的寨子。背着行军包的解放军走进了独龙江，一面鲜艳的红旗插在独龙江畔。他们带来了盐、粮食、医药，带来了好消息。

一九五二年十月，独龙族有了自己的民族名称——周恩来总理在北京接见独龙族代表，根据本民族意愿，正式为其定名为"独龙族"。从此，独龙族不再是被压迫的弱小民族，独龙族人享受中华人民共和国公民的一切权利。

一九五二年冬天，政府派来的工作队给独龙江群众带来大批衣服和农具。《独龙族社会历史调查》记载：在独龙江对每家救济四五件衣服，同时，无偿分发带来的农具。每个劳动力平均分到两把锄头，各村还分到了公用犁头和耕牛，独龙族人这时才开始知道牛可以用来耕田。独龙族终于脱离了刀耕火种的生产方式，铁器不再是天价奢侈品。他们开始学习融合内地文化，进入了新的发展时代。

《贡山独龙族怒族自治县志》记载：

"1953年8月，独龙江开办了有史以来的第一所小学——孔目小学。"

"1955年10月，省文化局35电影放映小队翻越高黎贡山到独龙江区放映《南征北战》等影片，使独龙人民第一次看到了电影。"

"1956年，省37电影放映队翻越高黎贡山，又一次把电影送到了独龙族村村寨寨。"

"1960年7—10月，中国和缅甸在中缅北段贡山独龙江边界勘界期间，共调供粮食12万多公斤，在大雪封山前，中国人民解放军兰州军区空军部队派军用运输机从保山起运至独龙江区，空投大米2.5万公斤，实收1.5万公斤。是年，在中缅勘界中，丰学昌、洪禹疏被派往独龙江勘界组开展医疗工作。"

"1963年，驻独龙江马库工作队，帮助独龙江群众办起了一所军民小学。"

"1964年，贡山县城至独龙江国防驿道顺利修通，全长65公里，总耗工24万个。"

……

我们的主人公高德荣，就出生在这样一个翻天覆地的新时代。封闭落后的独龙江第一次和救济粮、电影、学校、医疗、交通联系在一起。千百年来，独龙族人第一次不再白白用自己的血汗缴纳各种贡物和税收，不再惧怕被抢被掠、备受凌辱为人做奴，而是可以无偿地接受来自祖国的各种救济、补助，学习接受各种外来的、先进的物质和精神文化产品。这是历史上第一次，独龙族人的生命和生存有了基本的保障，独龙族，这个备受屈辱的民族，终于拥有了发展的基本条件和权利。

在这个奇妙的历史节点上，高德荣这个出生在贫困民族贫困家庭中的普通孩子，刚刚开启他的生命新篇章。一个独龙族新生命的历史篇章，与一个新时期的历史篇章，很奇妙地几乎同步开启。个人的命运将如何与时代、民族的命运奇妙交织？我们的主人公又将如何书写一部壮丽、响亮的生命乐章？这是茂盛的玉米地想讲给我们听的美丽故事。

在大自然中长大

从一出生，高德荣便开始感知劳动的节奏，在母亲的汗水中感受山野的气息。

长大一点儿，他就被母亲绑在后背上，越过母亲的脊背去看世界。随着母亲的动作，高德荣在起伏间嗅闻野菜的清香、大地的土腥味，高黎贡山和担当力卡山高大的身形映入他的眼帘。

再后来，他从母亲的背上跳下来，自己趴在田头，采红蓼花，抓蝴蝶，哼不知曲调的歌儿。再后来，他像匹小马驹跑着，跳着，腿脚灵活，一蹿老高。

就这样，阳光眷顾了他，赐予他黝黑的肤色，也把一年四季森林河谷的虫吟鸟鸣灌进了他的耳朵；原始森林的碧绿，高黎贡山的皑皑白雪，独龙江的滔滔江水浸透在他的血脉里；农人们劳动时亲切的笑闹声，还有劳动的疲惫感、满足感，一股脑儿灌入他的脑海中。他与自然的关系天然无碍，视野一点点扩大。他是个沉静的孩子，一双好奇的眼睛总是在观察什么，一双灵巧的手总是在学着做什么。大自然是他最好的课堂，劳动是他最大的爱好。他爱思考，爱动脑筋，他想像大人那样什么活儿都会干。他开始学习叉鱼、种庄稼、打猎、砍山、编竹篾……他什么都学，什么都爱学，什么都能学得好；沉得住气，稳得住神。

那时独龙族没有时钟，没有数字，可是他们发现了大自然的"生物钟"与耕作时间的联系，花开鸟语、晴雨霜雪，都在告诉他们种植、渔猎的规律。爷爷说：孩子，你听，巴坡的蝉开始叫了，可以种芋头了；桃花开了，就可以种苞谷了；藤篾竹冒出土了，就该种荞子了；等雪融了、桃花开了，便可以下河捕鱼，三四月是汛期，大鱼小鱼好多鱼，都游进我们的鱼篓里啰。

在大自然中长大

爷爷什么都会，什么都愿意教他，高德荣从小就是叉鱼高手，眼神好，一叉一个准，简直百发百中。高德荣还经常跟爷爷和族人一起，割野韭菜，挖葛根，采芒和竹叶菜等，这里面也有好多学问，它们并不是普通的植物，它们都是宝。

劳动，成了高德荣最早的兴趣；劳动，赋予他创造、学习的快乐；劳动，也是维系他与大地和群众的纽带。他后来带头做了许多从劳动中创造财富、寻找价值的大事。马克思曾说过，要使劳动本身成为生活的第一需要。高尔基也说过，我们世界上最美好的东西，都是由劳动、由人的聪明的手创造出来的。

在出身贫寒的高德荣身上，劳动的意义表现得尤为突出。即便以后深居高位，他也仍不愿放弃劳动者的本色，选择默默回到独龙江的土地上，与老百姓同甘共苦。劳动是他心灵的需要，也是他创造的需要。这是他从儿时就养成的习惯，在劳动中创造，在创造中劳动。这是一位优秀共产党员的悉心奉献，也是高德荣听从心灵的召唤，不改初心的本色。

新生活的挑战

儿时高德荣和爷爷奶奶相依为命,他对老人极为敬重。是爷爷奶奶把他养大成人,手把手教会了他劳动的本领,也教会他做人的基本道理。爷爷常常对他说:"要学习,要感恩。""懂得感恩,是做人的根本。""会学习,才能变得聪明。"至于怎么学,目不识丁的爷爷就说不清楚了,但这不影响高德荣在心底谨记爷爷的教导。"要学习,要感恩"成为高德荣日后谨守的人生原则。

与爷爷奶奶相依为命的生活经历,让他更加自立自强;独龙族大家族生活的优良传统,让他虽身处困境,却并不孤僻封闭,总是能感受到大家庭的温暖和亲情。他觉得自己的命运与这片土地上的人们紧密相连，他对这片土地深怀感恩之心。他永远眷恋火塘边族人一起喝茶倾谈的时光，他最初的民族记忆和价值观的确立，就来自在家族中和老人们围火塘而坐，听他们谈论英雄传说、民族历史时的耳濡目染。这种与乡亲血脉相连的情感，像奔腾的独龙江水一样，一辈子流淌在高德荣的血管中；而童年时期形成的基本价值观成为他的人生底色。

面对一个生机勃勃的新中国，从原始社会直接过渡到社会主义社会，生活有了基本保障的独龙族人，和全国人民一样，充满了欣喜和感恩。但由于其特殊的社会发展背景，还有长年与世隔绝的现实，他们从来没接触过如此多的新讯息和新事物，所以这个民族也面临着更大的困难、困惑和挑战。

一九五八年十月，巴坡村成立了互助组。互助组的目的是组织各氏族的群众打破土地分割，一起学习运用新的生产工具和经验，广泛地合作，开展集体耕种。在党的领导下，独龙族人开始被组织派往内地参观访问，将先进的生产经验带回独龙江，用互助组来逐步改变落后的生产方式，适应新发展。

可是改变谈何容易！巨大而突然的社会进步与独龙族传统落后的思维，需要一个相互碰撞的磨合期。半个多世纪过去了，这种文化和心理上"千年一跃"的进化历程延续至今。

一方面，独龙族在新中国成立前仍处于原始社会，各氏族有自己的狩猎和捕鱼的场所，一个氏族的山林荒地，其他氏族不能自由开垦使用，山林里的岩蜂、黄蜡、野兽等，也不允许其他氏族狩猎或者采集，因为这些物品要按户分配给这个氏族内部的成员。而现在，要打破氏族界限，进行大集体式的开垦耕种，以提高产出和生产力，这就需要全体群众的团结协作，这种方式其实是对独龙族传统生产方式的挑战。

另一方面，独龙族人千百年来主要奉行平均分配思想，社会主义中国为了让大家发挥劳动积极性，则坚持按劳分配原则，多劳多得，少劳少得，不劳不得，这让独龙族人在短期内很难理解。

先进的生产方式在摧枯拉朽般替代旧的生产方式时，也吸取了其中合理的部分，这是社会变革的必然过程。高德荣就是在这个时期成长起来的。他在代代相袭的传统劳作中学习，成为一个优秀的劳动者；同时，他又在新方法、新经验不断涌入的现代生产中成长。

独龙江独特的生存环境和文化传统让高德荣成长为一位热爱劳动、享受自然、对家乡饱含深情的独龙族少年。这种环境让他和其他独龙族孩子毫无二致，他身上保持着淳朴的独龙族传统，承袭了独龙族吃苦耐劳的优良传统。后来，他在谈起自己退休后仍然与独龙族老百姓一起奋斗时说："我的父母为了我们这个小家庭，八九十岁照样上山放羊、种地，没有过一天悠闲的日子。难道要我退休丢下这里的乡亲不管，丢下这个'大家'不管，带着老伴儿去游山玩水？那种享乐生活只会让我羞愧。"

高德荣在他策划的纪念独龙江解放六十周年的电视散文专题片《太阳照到独龙江》中提到："记得儿时，每当盛夏，我一丝不挂地跳进独龙江清清的河水里游泳,她是那么清凉洁净,一尘不染。真的,她就像一块流动的碧玉,流动的翡翠。每当你靠近她时,就想掬一捧江水一饮而尽。独龙江的水就是这样清澈得让你欣喜若狂,让你魂不守舍。"这样如江水般清澈的文字和深情的表达,是一名赤子对故乡将近六十年的深情记忆,也是高德荣童年情结的最好证明。

在各种矛盾相互碰撞、相互渗透的社会环境中,这位独龙族少年开始了最初的朦朦胧胧的思考——独龙人究竟应该怎样才能过上幸福的生活?

火塘边,高德荣听老人们讲述独龙人的悲惨往事。土司的盘剥、洋人的剥削、国民党当局的压迫……高德荣心里有太多困惑,他每天都在和大人一起干活儿,他看到家族中的男人女人一刻不歇地埋头苦干。他们善良得连地里的一只小虫子也不忍心伤害。可是世界上为什么有喜欢欺负人的坏人呢?为什么上天不庇护勤劳善良的人呢?

老人们说到了新政府,新政府送来新棉衣、

铁锄头，还有盐和生活用品，幸福从天而降。爷爷说，现在的生活比过去好多了，我们应该感恩共产党。可是还有很多人不满和埋怨，他们害怕失去什么？把自己的田地交出来集体耕种，他们害怕如果新政府变卦，言而无信，收走他们种下的粮食，那他们岂不会活活饿死？还有迷信的人说，开荒会使灾难降临，会有人活不下去的。

也许独龙人受的欺压太多了，他们心头有太重的包袱，不那么容易相信好事就这样来了。还没来到的日子谁能说得准呢？今天晴，明天就不会下雨吗？可不是嘛！

高德荣就在这种种声音里竖着耳朵听，他听到愤恨处，真想跳起来掐住土司的脖子，看他还敢不敢欺压独龙人；他想收来所有的粮食播种在独龙江两岸，让独龙人从此吃饱穿暖，不再忍饥受冻……他是一个沉默的孩子，种种困惑和念头在他心底狂喊狂叫，可是他什么也说不出来。

这些故事让他冷汗直流，奶奶以为他感冒了，直摸他的脑门儿，问他是不是不舒服。他只是摇头，锁着眉痛苦地摇头，他盯着火塘，希望火烧得更大些，大到能烧掉独龙族耻辱的历史。他紧紧抓着自己的小弩弓，如果让他穿越历史，他手里的弩弓一定不会让坏人为所欲为。他天生就是个疾恶如仇、侠肝义胆的小勇士。

在独龙族的传说中，阿角朋是一位本领高强的英雄。传说他力大无穷，无人匹敌，他到哪里，幸福就降临到哪里。他在所到之处平整土地，撒播种子，让五谷丰登、鲜花不败，让老百姓安居乐业，直到最后累死，融入大地。高德荣非常渴望见到阿角朋，只要能找到传说中的阿角朋，独龙族就能找到幸福，从此永远摆脱悲惨的命运，人人过上幸福的生活，那该多好啊！

"顶"要上学了

吉松爷爷带来了一个天大的消息——要送"顶"去学堂上学了!

这个消息似乎比点燃青竹、放个炮仗的声响还要大。

家族里谁也没上过学,爷爷、爷爷的爷爷都没有……独龙族以前没有学校,也很少有人能走出独龙江,把孩子送到外面上学。之前,只有独龙族孩子孔志清,被前来考察的植物学家俞德俊带出独龙江,成为走出独龙江上学的第一人,这在独龙江是一件大事。后来也正是孔志清作为独龙族代表被周总理接见。一九五六年,孔志清当选为新成立的贡山独龙族怒族自治县第一任县长。"上了学，才有本领。"高德荣耳边回响起这样的声音。

爷爷奶奶没奢望过能让孩子上学，他们觉得家里能吃饱饭就是好日子，"顶"这么聪明能干，以后一定是个干活儿持家的好帮手，上学是富人家的事，穷人的娃娃没有这福气。

可是，吉松爷爷笑呵呵地说："学堂一分钱都不要，有会说普通话的先生，边防站解放军也会给娃娃上课。"

爷爷问："真的一分钱不要？我们家一分现钱也拿不出。"

吉松爷爷说："傈僳族的娃娃一分钱不要，怒族的娃娃一分钱不要，独龙族的娃娃一分钱不要，全一式一样，政府白白教。"

爷爷这下子真的激动起来，他摇摇高德荣的肩："听见了吗？孩子，共产党来了，天开了，我们家的'顶'也要上学了。上了学，学了普通话，有了本事，就不再受人欺负了。"

高德荣也兴奋起来，他心里那么多困惑，也许学堂里的先生能告诉他答案。对，去上学。可是……"上学是哪样？"高德荣问。

"是哪样？我怎么知道是哪样？做梦都梦不见的好事，这回你撞上大运了！"爷爷激动得脸红起来，他的爱孙十二岁了，说不定天生就是读书的料子，能读到外面的世界去。

就这样，高德荣带着好奇，带着憧憬，带着祖辈的期望，背着几天的粮食，和家族中的一个大哥一起，踏上了去巴坡小学的路。学校和家的直线距离只有一公里多，就在对面的山上，路上却要花费三个多小时，翻过崇山峻岭，穿越原始森林。一九六六年九月，十二岁的高德荣，在独龙江雨季的绵绵阴雨中，一身泥泞地到达巴坡小学，开始了他人生的学习之旅。一九六六年到一九七二年，高德荣在巴坡小学和独龙江中学完成了小学和中学学习。

入学后，高德荣首先遇到的困难是语言障碍。因为只有傈僳族孩子听得懂普通话，怒族的孩子听得懂傈僳语，而独龙族的孩子听得懂怒语。遇上只会说普通话的老师，就需要傈僳族的孩子翻译给怒族的孩子，怒族的孩子再翻译给独龙族的孩子，独龙族孩子才能听懂。不过，这些困难和上学的快乐相比，都可以忽略不计。

上小学后的第一件大事，就是老师给他取了名字，从此他有了一个崭新而重要的名字——高德荣。第二件大事，对他来说特别重要——因为刻苦学习，成绩优秀，他戴上了红领巾，光荣地成为一名少先队员。

入队这天，解放军来了。解放军很高大，脊背挺直，一身军装，胸前戴着亮闪闪的奖章，帽子上的红五角星闪闪放光。高德荣觉得解放军的样子英武极了，看着像个英雄。他想，解放军力气一定很大，知识一定很多，看上去笑呵呵的，脾气一定很好。他没想到，解放军竟会亲自为他系上红领巾。高德荣又紧张又兴奋，眼睛不敢看解放军，心里又想仔细瞧个够，心怦怦地跳，不知是不是被鲜艳的红领巾映红了，只觉得脸上在发烫。红领巾多鲜艳啊！像独龙江边的英雄花（高山杜鹃）一样鲜艳，还是由解放军亲手系在他的脖子上。他的目光落在解放军胸前的奖章上，觉得那奖章看上去那么新，那么美，也像一

"顶"要上学了.

朵英雄花。他怦怦直跳的心忍不住在呼喊:"我是少先队员啦,我是少先队员啦!"

戴好红领巾,解放军留了下来,给同学们讲起了故事。高德荣眼里噙着泪水听完了这些故事。红领巾为什么这么红?原来它是烈士的鲜血染红的。解放军在战场上英勇杀敌时,一颗子弹穿过了他的腿,他被送进了医院。他微笑着挽起裤腿给同学们看腿上的那个伤疤。真的,那个伤疤有点吓人,像个丑石榴。他笑着说,那是医院留给他的一份纪念品。

"疼吗?""疼吗?""疼吗?"

孩子们已经差不多都能听懂普通话了,但还不大会说,深受解放军感动的孩子们用他们各自的民族语言,情不自禁地问。

解放军从他们的表情里猜出了他们的问题,他哈哈一笑:"疼,很疼。"说完,他低头摸摸自己的奖章,然后抬头看着孩子们,神情庄重,声音豪迈而响亮:"但是,很值得!"

教室里爆发出雷鸣般的掌声。高德荣使劲忍住泪水,不让它掉下来。他和同学们一样,拼命为解放军鼓掌,每鼓一次,他的掌声都在说:"看,英雄就是这样子!我寻找的阿角朋就是这样子!"那一刻,他真想站起来,向全世界大声呼喊:"你们看,解放军就是阿角朋!"

从那时起,高德荣就立志,他要当这样顶天立地的英雄,要成为解放军这样的人!

第三件大事

小学期间第三件重要的事,发生在高德荣十三岁的生日这天。一九六二年,共产主义战士雷锋不幸牺牲,为了学习雷锋精神,三月五日被定为学习雷锋纪念日,全国掀起学雷锋活动高潮。一九六七年三月五日,这天正好是高德荣的生日,也是一个全国学雷锋活动日,老师借给他一本书——《雷锋日记》。高德荣十分珍惜这份珍贵的生日礼物,他捧着书如饥似渴地阅读,忘记了吃饭、休息,整个身心都被这位全心全意为人民服务的解放军战士深深打动了。

"一滴水只有放进大海里才永远不会干涸,一个人只有当他把自己和集体事业融合在一起的时候才能最有力量。"

"我们是国家的主人，应该处处为国家着想。"

"一枝独秀不是春，百花齐放才是春。"

"吃饭是为了活着，但活着不是为了吃饭。"

……

雷锋说得多好啊！人活着，不是为了自己，而是把自己无私奉献给事业、奉献给集体。主动帮助别人，这样的人生才有意义。高德荣思考着，咀嚼着，好多话他无法完全弄懂，但是他觉得那些话激励着他、吸引着他，他学习、干活儿觉得更有劲了。所有来自学校的、家庭的困难似乎都变小了，变轻了，因为他感觉自己心里已经有了一个滚烫的理想，像升起了一个小太阳，把他内外照得亮堂堂的。

"向雷锋同志学习，做毛主席的好战士。"高德荣在笔记本上写下了这句话。这句话也成为他青少年时期的座右铭，鼓励他向高尚美丽的灵魂不断靠近，鼓励他不怕困难，刻苦学习。世界的大门已经向他敞开，他现在知道，原来他一直寻找的"阿角朋"，在解放军中有很多，这些穿着军装的"阿角朋",值得他崇仰、学习。

历史的巧合让人惊叹,五十二年后,二〇一九年九月,高德荣和雷锋出现在了同一个名单上,同期当选为"最美奋斗者"。"向雷锋同志学习,做毛主席的好战士。"这位当年以此为座右铭的有志少年,用五十载的美丽奋斗回报了自己的精神导师。他此生获得的最大殊荣,是终有一天,他的名字竟然与少年时期的人生榜样同列。谁能不说这是一个非常神奇的励志故事!

因为家境困难,没有足够的粮食,高德荣不能住宿,需要每天走读。上下学路上就要披星戴月地走近七个小时,但他不以为苦,也没有缺过一天课。他还一直是家中干农活儿的好帮手,坚持半工半读,减轻家里的负担。

在学校,高德荣思维活跃,勤学好问,还是班里的文艺活跃分子。他热爱音乐,乐感很好,新歌学得又快又好,很快成为大家的"音乐小老师",在课余组织大家唱歌表演。当时流行的歌曲《东方红》《大海航行靠舵手》《天大地大不如党的恩情大》,高德荣都一学就会,并热心地教大家唱，直到大家学会为止。高德荣唱歌的时候非常投入，眼睛微眯，表情如痴如醉，同学们对此印象非常深刻。有人这样评价："他是一个做什么都会忘情投入的人，从唱歌就可以看出来。"

在独自上学的路上，高德荣一路高歌，唱给高黎贡山听，唱给鸽子花听，唱给桫椤树听，唱给藏在树洞里的帽子猴听。歌声给他壮胆，驱散他的孤独，让他感到快乐。工作后，和同事、群众在茶余饭后，他也会提议唱首歌解闷，还是像当年那个"音乐小老师"一样，由他起头，气氛就一下子变得欢乐活跃起来。无论在哪个岗位，做到哪个级别，他身上永远没有官架子，还是和少年时一样，微眯着眼睛，投入、忘情地歌唱，表情如痴如醉，那份真挚，让人感动、感怀。

音乐像独龙江奔流的节奏一样，流淌在高德荣的血脉中。他平日是一个话很少、埋头实干的人，但他的内心其实也奔流着一条澎湃的独龙江。他把对家乡的眷恋、对党的感恩都抒发在他的歌曲中。他不仅是为群众排忧解难、日理万机的"老县长"，还是一位词作者。他创作的歌词优美豪壮，这些歌如今仍在独龙江口口相传。

在我采访高德荣的第二天，驱车去参观独龙族自然村落的路上，坐在汽车前排的他，对着车窗外的高黎贡山，伴着车里播放的VCD，情不自禁哼起了动情的歌曲。我好奇地拿起那张VCD，惊诧地发现，VCD中歌曲的词作者和摄影全是高德荣。他拍下了独龙江的美，记录下心里流淌的激情之江，汇成了一首首歌。《共产党的恩情比天高比水深》中唱道："丁香花儿开，满山牛羊壮，独龙腊卡的日子，比蜜甜来比花香。高黎贡山高，独龙江水长，共产党的恩情，比山高来比水长。"这些诗一样的句子，不是从一个诗人滚热的胸膛里流淌出来的吗？《独龙汉子》中唱道："独龙汉子一声吼，高黎贡山要抖三抖；独龙汉子一跺脚，独龙江水要退三回。"这样豪迈的句子，不是出自一个英雄的感叹吗？还有《独龙人民跟党走》《党是独龙领路人》《独龙卡梅》等歌曲，情感细腻，又透着独龙江独特的美。坐在前座的高德荣微眯着眼睛，如痴如醉地哼唱。在悠长深情的旋律里，我感动于这样一颗永远年轻、永远激情荡漾的心。半个世纪风雨中艰苦奋斗，没有泯灭他的真、他的执，他还是那个青春少年。

高德荣在中小学学习期间，已经成为品学兼优的好学生，他知书达理，干活儿勤快，成绩优异，老师、同学和寨子里的乡人都喜欢他。就连下乡的干部，也喜欢到他家去坐坐，关注这个充满希望的独龙族孩子的成长。这些不但没有让高德荣自满自负，反而让他更加谦逊感恩，他更加努力地投入学习，希望中考考出好成绩，走出独龙江，去外面的世界学习更多知识。

一九七二年五月，高德荣参加了中考，他报考的志愿是卫生学校，希望能成为一名医护人员，为缺医少药的独龙江出一份力。教委的领导找他谈话，跟他商量改报志愿，因为比起医护人员，独龙江更缺优秀的年轻教师。于是，高德荣接受意见，改报怒江州师范学校。结果很快出来了，高德荣被怒江州师范学校录取，他的中学阶段画上了完美的句号。

走出独龙江

　　一九七二年怒江州师范学校招生两个班,共一百名学生,高德荣以优异成绩被录取。怒江州师范学校在知子罗,这里是一九七四年前怒江州府所在地。从独龙江去往知子罗,要经过贡山县城,而从独龙江到贡山县城,唯一的通道是高黎贡山人马驿道,这条长六十五公里的驿道是一条号称"让猴哭、让鬼愁"的天险之道。

　　一条羊肠小道在崇山峻岭间千旋万转,一座座刀劈斧削的巨山悬崖劈面压来,人走在崎岖狭窄的驿道上,身下是令人胆战心惊的巨壑深渊,头上是犬牙交错的怪石乱岩,时有碎石掉落滚飞。路边野藤野草攀爬丛生,无数吸血的蚂蟥藏身在路边的草丛藤蔓中，只要碰到，蚂蟥就会吸附在人腿上，牢牢咬住不放，饱吸鲜血。无数毒蚊成阵，绕着人嗡嗡乱飞，不一会儿，身上脸上就肿起一片血疱，奇痒难忍。最可怕的是毒蛇盘踞，路边随时可能会窸窸窣窣地蹿出毒蛇，色彩鲜艳，吐着长长的芯子，龇着长长的毒牙，让人毛骨悚然。

原始森林里古树、奇树参天，野兽出没，随时可能遇上熊、虎、狼等猛兽。这条道中最险的地方是南磨王山，这是座神秘的山峰，雪山垭口海拔三千八百四十二米，每年都有不少为生计奔波的生命在这里被吞噬。大雪封山时，南磨王雪山垭口会被厚雪覆盖，最深的地方雪深超过四米，许多想要赶在封山前向独龙江驮送物资的马帮在翻越垭口时，因为天气骤变，大雪遮盖住驿道而找不到路，进退不得，被活活冻死。

这是唯一一条通向外面世界的通道，再难，高德荣也要咬牙走过去。他看得懂爷爷又惊喜又担忧的眼神，听见了奶奶背后的叹息和牵挂。走出去，要吃苦。吃苦，他不怕，给他戴红领巾的解放军，他崇拜的雷锋，他们最不怕的就是吃苦。而他，高德荣，一个独龙族穷苦家庭的孩子，就是吃苦长大的，独龙族就是一个靠能吃苦生存下来的民族。

党和国家对他恩重如山，让家贫如洗的他免费受教育，教他做人的道理，现在又给他提供了上师范学校的机会，让他这个大山的孩子，有机会走出独龙江，到外面的大世界去寻找真理。和这些相比，这点苦算什么？不，我高德荣不但不怕吃这个苦，反而要加倍努力学习，回报党和国家的恩情。即将走出独龙江的高德荣非常珍惜外出求学的机会，内心反而格外平静。

寨子里人人羡慕，交口称赞，高德荣的世界注定比谁都大，他是这么多年家族中走出独龙江求学的第一人，他是村里的骄傲。奶奶日夜赶着给高德荣做一双牢固耐用的布鞋，边做鞋边偷偷抹眼泪，这个穷人家的孩子长这么大，连双像样的鞋都没有，如今他要走那么远的路，真是让人又高兴又担心。乡亲们合计着为这个有出息的孩子送来了布袋、绑腿、新布裤，爷爷给他烤路上吃的苞谷、苦荞粑粑……

一九七二年九月，十八岁的高德荣背着简单的行李铺盖，也背着整个家族的牵挂和期望，走上了高黎贡山"难于上青天"的驿路。从巴坡出发，上西哨房，过南磨王雪山垭口，到东哨房，再到贡山其期。六十五公里的驿道，高德荣走了整整三天两夜。他有在原始森林打猎的经验，他有不怕苦、不怕累、坚忍不拔的精神。他不停地走，天黑了就生起火堆，就着火堆烤热苦荞粑粑填饱肚子，在火堆边打个盹儿，天刚现出一点儿鱼肚白，他就立即起身赶路。

他浑身似乎有使不完的力气，积攒了十八年，不，积攒了一百八十年，一千八百年，他背负了独龙族没有走出过独龙江的祖祖辈辈的期望。他腿上的力气、心中的决心，来源于自己的梦想，也来源于独龙族人世世代代的梦想。他迫不及待、马不停蹄地向着宽阔的世界走去。

三天后，他一身酸疼，满脸兴奋地到达了贡山。到了贡山就有路有车了。他搭上了去知子罗的卡车，在车斗里颠簸了两天半，终于到达了怒江州师范学校。它坐落在海拔两千多米的碧罗雪山山梁上，背后是熙熙攘攘的州府所在地知子罗，对面是高大逶迤的高黎贡山，下面是蜿蜒而过的怒江峡谷，中间白云飘荡，山雾缭绕。

报到处的教员惊讶地看着这位风尘仆仆的学生。一路上日夜兼程，风餐露宿，高德荣看上去又瘦又黑又小，可是他举止彬彬有礼，先向教员鞠躬报到，当他开口，居然是用还算流利的普通话介绍自己："我叫高德荣，来自独龙江。"独龙江，他居然来自独龙江！教员克制住了自己的惊讶，什么也没说，轻轻走过去拍拍他的肩膀："辛苦了，在你的班级名册上签你的名字。"高德荣查找自己的班级，师二班，独龙江，高德荣。他一丝不苟地签好自己的名，字迹工整端正。教员端详着核对了一遍，满意地点点头："现在我领你去宿舍，然后去食堂好好吃顿饭。"高德荣又准备鞠躬致谢。教员赶紧拦住他，爽朗地说："高德荣，到了学校就像自己家，别这么客气嘛！"一句话说得高德荣差点落泪。

他亲爱的家乡——独龙江——仿佛在另一个

遥远的世界,藏在高黎贡山后面,恍如隔世。房间里雪亮的灯光刺了一下他的眼睛,这里是有路有电的州府,他眯起眼睛,既庆幸又心酸地感叹:"唉,高黎贡山像道巨幕,把现代生活全挡在外面了,如果乡亲们看到这里的一切,会是什么表情?"疲惫感、饥饿感终于向他袭来,他咬咬牙,跟上了教员的步子。

艰辛求学路

高德荣就这样开始了他的师范学校生活。从条件贫乏的独龙江走出来,他觉得自己有太多东西需要学习。他对知识如饥似渴,想到祖辈含辛茹苦、受尽欺辱的背影,他的心就安静下来,他觉得自己该比所有人更刻苦。

同时,高德荣的优秀让老师和同学惊讶。没料到这位个子矮小、其貌不扬的同学,却沉着自信,朴实真诚,表达自如,课堂讨论时要么不说话,只要发言就言简意赅,有理有据;而且为人特别低调,学习特别刻苦,待人特别诚恳。大家开始对他刮目相看,一致推选他当班里的团支部书记。后来学校成立团总支委员会,高德荣被选为委员之一。

在知子罗,高德荣第一次感受到什么叫商贾云集,车水马龙。知子罗自古就是茶马古道上重要的驿站和集市。新中国成立后,这里既是怒江州政府所在地,又是碧江县政府所在地,是整个怒江流域的核心城市。一个秋天的赶集日,当高德荣踏上知子罗的青石板路时,他瞪大眼睛惊讶地看汉人、傈僳族人、怒族人、白族人穿着各色服装在市集上交换山货、鸡蛋、小猪。不时有驮着沉甸甸麻袋的马帮队经过,马打响鼻的噗噗声、马铃的叮当声、马夫赶马的吆喝声暂时盖过了市集的喧闹。

高德荣穿过知子罗的市集,他看到了像座山似的八角楼,看到了工作人员来来往往的州政府办公楼,看到了州政府广场西面一栋高楼的白墙上,画着巨幅的毛主席画像。画中的毛主席穿着军绿色大衣,戴着五角星军帽,斜背着军用水壶,向侧方遥望着远方。高处的毛主席画像显得那么雄伟,那么高大。这时高德荣立即想起了阿角朋——他童年时代最向往的英雄。"伟大的领袖阿角朋！"高德荣在心底轻轻致敬。

顺着山梁爬，上面还有粮油贸易公司、碧江小学、宿舍楼，等等。其中高德荣最喜欢的还是新华书店，书店两面墙上写着他熟悉的毛主席语录，烫金的字，像炙热的情感。那里有很多新书，他渴望读那些新书。他需要了解这个风云翻卷的时代。自从发现新华书店，这个不折不扣的穷学生，最喜欢流连的就是这个地方。

知子罗如今已经成了一座记忆中的城市。当时地质学家预言知子罗将发生山体滑坡，怒江州政府于一九七四年迁往六库，怒江州师范学校也随之迁往六库。在高德荣就读师范学校的第三年，他随学校迁往六库。六库离独龙江更远了，从独龙江到六库，需要七天七夜。

搬迁的第一年，学校条件十分艰苦，没有校舍，师生住在油毛毡房中，天天吃洋芋、南瓜，每个月一顿肉，调料只有豆豉。不过，就是这样的伙食也无法完全保证，好多人得了胃病。学校没有自来水，直接饮用怒江水，很多人因此得了痢疾，病倒住院。除了上课，他们还得干很多体力活儿，老师带领学生砸石子，背江沙，砍龙竹，扛到学校搭支撑杆架，每星期还有两天要上山砍柴，补贴伙食费。因为条件实在艰苦，很多同学生病，有些人吃不了这份苦，班级中有些同学的求学思想产生了动摇。

高德荣知道，学校刚刚搬迁，一切都要从头开始，困难是暂时的，再苦也要熬下去。他本来就是一个爱劳动的人，现在的体力劳动难不倒他，学校建设需要他出力，他毫无怨言。即使干活儿劳累，他也依然坚持刻苦学习，坚持锻炼身体。他勉励同学们安心学习，思想不要动摇，应该咬牙坚持完成学业。他吃苦耐劳的精神成为大家学习的榜样。

一九七五年七月，高德荣以优异成绩于怒江州师范学校毕业。因为学习期间表现优秀，他得以留校工作。这一年独龙江发生火灾，一场大火将刚运进去的过冬物资全部烧毁。眼看大雪就要封山，州党委和政府立即组织抢运，干部、群众、军队紧急动员，骡马不够，就人背肩扛。山路上全是运粮的人，连当时的州长、军分区司令员和政委都承担了背粮的任务。大家打着火把翻越高黎贡山，把过冬物资送到独龙江，让独龙江老百姓免受饥饿。一直惦记家乡的高德荣对共产党的恩情感念于心。

一九七五年八月到一九七九年三月，高德荣在怒江州师范学校任团委书记，兼任学校图书管理员。在这四年时间里，高德荣保持着勤学苦读的好习惯。他很关心学生，尤其是独龙江来的学生，他们走出独龙江面临的巨大困难，这些年来他感同身受。他经常将因为学校条件艰苦或者语言沟通不畅等问题而出现求学思想动摇的学生请进自己的宿舍，谈心劝慰，和他们同吃同住，鼓励他们勇敢面对困难。

当时他的工资是每个月二十多元钱，他节省下每一分能省下的钱，用于补助学校里贫困的独龙族学生。寒假因为大雪封山，独龙江学生无法返家，他就陪他们一起在学校过寒假、过春节，当他们的家长，让他们吃好睡好、安心学习。那些他曾经经历的有家无法回的寒冬之苦，他不想让他的同胞们再去独自承受。因为他的努力，即使在学校建校初期的最艰苦的阶段,也没有一个独龙族的学生辍学。

中专三年,工作四年,青年高德荣离开独龙江在外七年,他的目光在一个更加开阔的世界驰骋,但是他的心灵从未须臾离开过家乡。外面的世界越富足开阔,他就越能体会到独龙江的贫困闭塞。正因独龙江贫困闭塞,他渴望去改变这一切。这是他生命中的某种自觉——因为他是独龙族人,所以独龙族的事就是自己的事。他少年时代立志做一个为他人、为社会发光发热的英雄。志向决定行动,他已经无意识地成为自己崇拜的那个角色。

这个阶段,发生了高德荣生命中最重要的一件事,他遇到了自己未来的贤内助——马秀英。马秀英是独龙江马库村人,她美丽、贤淑,是一名护士。他们在老乡会上相识,感情甚好,准备结婚成家。这时的高德荣一切都顺风顺水,学校领导班子也在考虑推荐高德荣去云南大学深造。云南大学在省城昆明,这是一个人人艳羡的好机会。谁也没有料到,此时高德荣却做了一个惊人的决定——回独龙江当小学老师。

把家安在独龙江

独龙江乡向来有著名的"四多四难"。"四多",一是雨水多,一年三百六十五天,有三百天泡在雨水里,年降雨量达四千多毫米;二是蚊虫多,温热潮湿的气候极易滋生蚊蝇;三是流行疾病多,每两三年就会发生一次疟疾等传染病的流行;四是蛇多,有上百种蛇出没,大多是毒蛇,常有人被毒蛇咬后造成伤亡。"四难",一是行路难,大半年大雪封山,与世隔绝,乡内几乎所有路都不能走,但又不能不走;二是生活艰难,由于当地物资匮乏,每个月每人只有国家定量供应的三十斤粮食、一斤肉、三两菜油,缺少副食品和蔬菜;三是通信难,一年只有四个月可以正常通邮，日报往往变成半年报；四是找对象难，许多年轻人在当地很难找到合适的对象。

这样一个让人望而生畏的地方，高德荣历尽苦难好不容易才出来，他却要放弃深造的机会选择回去？

把家安在独龙江，就是以后让你的娃娃和你一样吃苦。你忘了独龙江连间像样的教室也找不出，打灯笼也找不出一个像样的教师？你忘了野菜充饥的滋味？忘了大雪封山叫天天不应的痛苦？

人们都觉得，只有傻瓜才会做这种不划算的决定。而这次，做这个决定的，居然是公认的聪明人高德荣！来自各方的反对声音特别巨大，特别强烈。

高德荣选择了沉默。解释没有意义，这是他的决定，这是他的人生。向别人解释，没用。他向马秀英抛了一个难题："回独龙江结婚工作，愿不愿意跟我走？"

这是马秀英人生中最难的一次抉择，她不理解未婚夫这个突然的决定。刚刚习惯六库便利的生活环境和工作环境，她真心不想回到又穷又苦的独龙江。他们一步一步走了出来，这段路程实在太艰难。她看着面前这个面色坚毅的男人，内心其实特别困惑，但她能确定一点：她爱眼前这位顶天立地的独龙汉子。于是她心一横，嘴唇颤抖着回答："愿意。"

高德荣呵呵一笑，他没看错人："马秀英，我就知道你会支持我。"

高德荣以这种特别的方式，向心爱的人求了婚。一九七九年三月，高德荣带着未婚妻，在喧嚣中告别师范校园，回到了他念念不忘的家乡独龙江，到独龙江巴坡完小任教，代理扫盲干事。一九八〇年，他们爱情的结晶——可爱的女儿顺利出生，他给女儿取名高迎春。

许多媒体采访他时都会问当年他为什么做这个选择。为什么呢？我看了一些采访材料，仍然觉得不满足。究竟为什么？在采访老县长高德荣时，我问起了这个问题。老人眺望着高黎贡山，目光温柔地说："当时家里有四个老人，放不下心。"四个老人，是指他的父母和爷爷奶奶。早年他的父母不在身边，爷爷奶奶把他带大。我望着徐徐飘向空中的烟圈，思考着老人的话。那些烟圈像人间的一团温柔，久久不散，伴着这句话，让人感怀。

去老县长家采访时，我看到他休息用的长沙发的靠背上，放着一个相框，大幅黑白照，照片中是他的母亲，慈静的面容有一种岁月之美。繁忙的工作，让高德荣养成每天只睡三四个小时的习惯。忙碌完回家经常很晚了，他不想惊扰熟睡的妻子，就在沙发上和衣而卧，母亲的照片静静地陪伴着他。那一刻，我相信这是一个发自他内心的真实答案。在这位饱经岁月风霜的老人身上，会让人经常这样清晰地望见慈悲，让人内心瞬间温柔起来。孝，本是人间大慈悲。

但我还是想顺着岁月的轨迹回到四十年前，在当年沉默面对众议的高德荣面前，进行这场采访。我想，那时答案肯定会有些不同，因为，斯人斯境，感受的层次、角度必然不同。我们必须注意到，高德荣的这个选择，是在国家宣布开启一个新时代的节点上做出的。高德荣的政治敏锐感和对时局的直觉领悟像一种天赋。但我想，这其实来自他多年来关注思考国内外新闻大事的积累。一九七八年，十一届三中全会召开，这是新中国成立以来，党的历史上具有深远意义的伟大转折。他预感中国即将发生大变革，大地在悄悄解冻，一个属于中国的春天很快会全面到来！这是促成这个决定的外因。

从童年对民族历史和现状的困惑，少年学习英雄，立志成为英雄，到青年阶段，选择回独龙江，意味着高德荣完成了人生第三阶段的成长。他选择了自己的人生方向。改变独龙江乡的面貌，成为他毕生努力的方向。这是促成这个决定的内因。

当初报考中专时，领导语重心长地说："独龙江更缺教育人才，你报考师范，将来可以回来帮助独龙江。"独龙江想要赶上祖国发展的春潮，基础教育却是零基础，这个时候不回去，什么时候回去？他们说得对，独龙江找不出一个像样的教师，自己就应该回去当一个像样的教师！只有教育才能让独龙族的娃娃长出强壮的翅膀，变成雄鹰，飞越高山，飞到外面的世界。就像高德荣后来说的："我们独龙族祖祖辈辈吃树叶、啃树皮繁衍下来了，因为受了教育，有了知识，才能真正像人一样生活。"

从独龙江到知子罗，再到六库，视野不断开阔的高德荣，对事物的思考越来越深入。独龙江极其落后，是积习已久的成见，也是客观存在的事实。他是独龙江的儿子，母亲越是贫苦，他越不能袖手旁观。他把自己的命运与独龙族、独龙江的命运紧紧捆绑在一起，独龙江，是他毕生奋斗的方向。

对别人而言，选择回一穷二白的独龙江，是一次不可理喻的逆流之行；对高德荣而言，却是一次听从内心的顺流之选。独龙江闭塞落后，怪谁？袖手旁观、唉声叹气没有用。把家安到独龙江，就是不撇下、不放弃，是誓与独龙江同进退、共发展。这个选择，是一个独龙人回报家乡的铿锵有力的答案，任何语言和表达都黯然失色。这也许就是当年高德荣选择沉默的原因。

他给女儿取名"迎春"，就像一个隐喻，透

露了他心底美好的梦想——他希望自己的小家和他眷恋的独龙江、女儿的新生命和独龙江的新面貌，一起迎接祖国美好的春天。他后来说："一个民族要发展，没有文化不行。我受党的培养，读了书，明了理，独龙江需要我，所以我就要求回来了。"

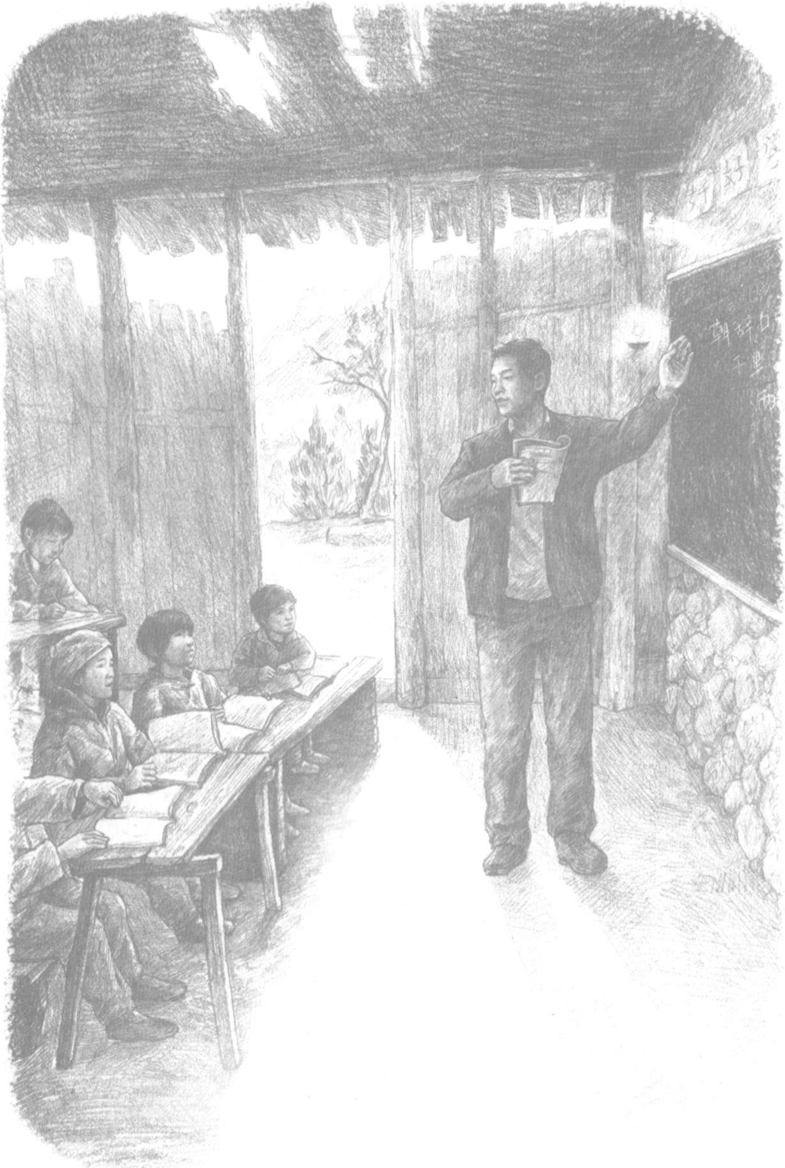

孩子们的高老师

高德荣来到巴坡完小,学校条件差到让人惭愧。孩子们在茅草教室里上课,连一张像样的课桌都没有,有些孩子的课桌是山上刨出来的树根,有些是树干削出来的木板。两面墙上的窗户都是空的,穿堂风吹得孩子们瑟瑟发抖;一下雨到处漏水,学生们边躲漏雨边上课。高德荣的心在抖,从六库带回来的书报本是他的宝贝,现在都贡献了出来,和孩子们一起把窗户糊上。他把自己的木凳搬来让孩子当课桌,又到处找新茅草,叫了几个人一起把教室的屋顶换成新的。他什么都教,语文、数学、地理、美术、音乐、舞蹈。孩子们喜欢他,知道高老师是师范毕业的学问家，经常围着他问问题。

然而，孩子们一张张面黄肌瘦的脸让他暗暗担忧，这些孩子，是独龙江的未来，是独龙族的希望啊！在校学生每个月三两菜籽油和一斤猪肉的配额，怎么能满足孩子们正在发育的身体？看着他们一个个骨瘦如柴，高德荣非常心疼。

最让人担心的是大雪封山后，寒气一天比一天重，孩子们单薄的身子和衣裳，如何抵御这突如其来的寒冬？因为穿得少、吃得少，总有一些孩子因为营养不良病倒，很多人因此辍学。独龙江人年年靠着大雪封山前从人马驿道驮进来的救济物资渡过难关，如果弹尽粮绝，就只能苦等开山后补给的物资运进来。严重贫困、食物匮乏，仍然是这里的常态。孩子们已经吃了一个月洋芋和稀粥了，他们佝偻着身子，在教室里冻得牙齿打战。这样的环境，怎么能安心学习？

高德荣的心疼得厉害，他要是拿得出，宁肯自己饿肚子，也要让这些孩子吃饱。问题是，就算他拿出自己所有的工资，也买不到食物。看着孩子们挨饿受冻的样子，他实在受不了了，一头冲进寒风中，猛地闯进了乡物资调配员的办公室。调配员见他满脸通红冲进来，很惊讶，高老师平时人缘极好，他一贯沉稳、亲切，待人和善，这回却像变了个人。

只见高德荣的胸脯剧烈起伏着，猛地冲着调配员大声嚷叫起来："给孩子们分一点儿肉，学校长时间没油水，学生都瘦成一棵草了！"调配员吓了一跳，反应不过来，端着水杯呆呆地看着突然爆发的高老师。喊完这句，高老师猛地把头扭过去。调配员回过神来仔细一看，高老师正在偷偷抹泪。

回乡以来，这是高德荣第一次为孩子们哭，为独龙江哭。再多的苦他都不怕，可是看着孩子们受苦，他实在受不了。独龙江啊独龙江，你什么时候可以有一条不被大雪封锁的路？什么时候可以丰衣足食，不靠领救济物资过日子？什么时候可以让孩子们吃饱穿暖，在温暖的教室里开心快乐地学习？高德荣在为独龙江和独龙江的孩子心痛。

好不容易熬过了这个寒冬。一九八〇年六一

儿童节前夕，独龙江公社孟顶大队中心学校组建少先队大队，孟顶大队有五个教学点和一个中心小学，需要把所有教学点的学生全部集中到中心小学过六一儿童节，举行少先队大队组建仪式。路又成了头等难题。最边远的钦郎当小学离中心小学路途遥远，步行需要两天多。路况复杂，几乎没有成形的路，要蹚过三条河、多条溪流，爬过几道山梁。当时雨季已经来临，河水暴涨，孩子们根本不能自己过河。还有连日的暴雨造成山上土石松垮，路上随时可能遭遇山体滑坡。护送孩子们的任务非常艰巨，事关重大，谁也不敢接这项任务。

高德荣得知后，主动请缨护送孩子们。参加大队组建，戴上鲜艳的红领巾，对一个孩子的成长意义重大，决不能因为有困难，就错过这个机会。责任感让高德荣选择了知难而进。出发前，他对孩子们说："你们想不想当优秀的少先队员？"孩子们响亮地回答："想！"高德荣欣慰地点点头："很好，想当优秀少先队员的学生，一定会是好学生。记住，路不好走，困难很多，但是不要怕，遵守纪律，高老师带你们过去，保证你们的安全。"孩子们懂事地点头。

高德荣带着孩子们上路了。到了河边，他一个接一个背着孩子们蹚水过河。湍急的河水冲过来，高老师背上的孩子吓得哇哇叫。高德荣叮嘱孩子把眼睛闭上，什么也不要怕，一会儿他们就到河对岸了。孩子听话地闭上眼睛，靠在老师温暖的背上，哪怕一个激浪冲过来，感觉到老师的身体在剧烈地摇晃，他也知道，老师不会丢下他，会把他安全送过河。

就这样，高德荣一趟一趟地蹚水，把孩子们背过三条河。他们穿越涨水的溪流，躲开从山上滑落的巨石……两天后，钦郎当的孩子们平安到达巴坡，兴奋地参加了少先队大队建队仪式。高德荣看着孩子们戴上了鲜艳的红领巾，欣慰地笑了。独龙江的娃娃是好样的，艰巨的任务终于完成了！他长长舒了一口气，突然感觉到一阵疼痛，低头一看，自己的鞋不知什么时候磨出了两个大洞，两个大脚趾冒出来，上面渗出了血。他深吸了口气，脱下血迹斑斑的鞋子。建队仪式结束后，钦郎当的孩子们脖子上围着鲜艳的红领巾，欣喜地叫着高老师，像亲人那样朝他奔过来……

一九七九年三月到一九八四年三月，整整五年，小学教师高德荣就是以这种方式当着孩子们的老师，用对待亲人的方式对待孩子。为了孩子们的安全和成长，他忘了自己的安危，忘了自己的痛楚，甚至忘了自己的形象。有危险的时候，他总是冲在最前头，像老母鸡保护小鸡一样张开翅膀护住孩子们，舍生忘死；在责任困难面前，他勇于担当，责无旁贷。

在学生心里，他是老师，是亲人，也是他们心中崇仰的英雄和人生导师。他对独龙江的孩子和教育一直充满责任感，无论他后来在哪个岗位，心里都为孩子们留着一个爱的角落。多年以后，他看着孩子们的眼神，剥离了任何社会身份，只留下单纯的清澈：那是慈祥的爷爷看孙辈的眼神，充满期许。

遍访全乡

多年来在独龙江工作的磨炼、观察和思考，让高德荣越来越坚定一个信念——他要成为一名共产党员。中国共产党是领导我们事业的核心力量，正是有了党的领导，中国人民才从根本上改变了自己的命运，独龙族才不再受欺凌。高德荣准备把自己的一生奉献给党的事业，靠近这个先进组织，坚定共产主义的远大理想，把为共产主义奋斗终生与推进独龙族发展的民族事业两者结合起来，矢志不渝地为之奋斗。几年来，高德荣坚持不懈地写了十份入党申请书，坚定地表达了入党的信念。

一九八四年，独龙江乡急需年轻有为的才学

之士，在各个行业选拔优秀人才。一九八四年三月，高德荣被任命为独龙江区副区长，开启从政为民的崭新生涯。一九八五年九月，高德荣结束了入党申请"马拉松"，光荣地成为一名共产党员。他在入党申请书中这样写道："入党不是为了升官发财、图名图利、高人一等，而是为了全心全意为人民服务。"这是他对党和人民的承诺，也成为他一生的初心和标准，他用自己的实际行动诠释着坚定的信念和对党的忠诚。一九八八年，高德荣当选为独龙江乡乡长。

一九八四年到一九九〇年，高德荣的服务对象从学生变为群众，他的身份从一位被孩子热爱的老师转变为一位被老百姓信任的干部。服务对象和身份变了，但宗旨没变，那就是为了独龙江的发展和独龙江人的幸福，心无旁骛地投入，一刻不歇地奋斗。

在任职期间，高德荣率先提出植树造林、封山育林、扩大林地、杜绝野火烧山等一系列发展的保障措施。他超前性地看到了保护环境的意义，指出靠开荒烧林的方式增加耕种面积，用广种薄收的方式补偿食物不足的做法，其实就是竭泽而渔。常年的砍伐造成水土流失，山体滑坡、泥石流等灾害频发，为了一点点收益付出了惨重的代价。

"好山好水是祖宗给我们留下的宝贵财富，如果我们一味索取，而不是在保护的前提下求发展，很快就会坐吃山空。我们都会成为一代罪人。"独龙族自古就是尊重大自然的民族，虽然也有一些异议，但是他的提议得到了老百姓的拥护。大家响应号召，积极植树。措施出台后第二年的春天，独龙江植树造林五千多亩，人均近两亩。

民以食为天，生态要保护好，老百姓也需要填饱肚子，增加收入。独龙江乡要如何求发展？新上任的乡长高德荣夙兴夜寐寻求发展之路。"到群众中去。"高德荣想起党的路线方针，决定无条件贯彻执行。要发展独龙江，必须真正摸透独龙江的民情民意。说干就干，他立即打起绑腿，拄着木棍，顶着刺骨寒风，翻山越岭，跋山涉水，走上了寻访全乡村寨之路。

当时独龙江乡有六个村委会，四十二个自然

村，一千零五十二户人家，这些人家散落在高山峡谷之间。高德荣花了足足大半年的时间，穿行在偏僻的村落中，走进每家每户，倾听老百姓的心声。独龙江带着冰霜的风像刀子割在他的脸上，他耳朵上、鼻子上的冻疮患处像火烧一样疼。但他像高黎贡山上不畏严寒的千年红杉，在寒风中屹立不倒；他又像一团温暖的火，给村民破落幽暗的茅草房、垛木房带来光明。

"党改革开放的政策一定会让独龙人过上一天比一天好的日子。"他给独龙江的兄弟姐妹们带去了抚慰人心的话，也带去了新生活的希望。独龙江人把他当成亲人，抓着他的手，举着一杯水酒或一杯浓茶，说着他们生活的酸甜苦辣和诉求愿望。

"听说贡山有不少山村都有电照明、碾米、磨面了，我们独龙江什么时候才通电？"

"我们想种好庄稼，天天下雨，谷子都长不满啊。"

"我们想养黄山羊、独龙牛，可是手头没有一分钱。"

"娃娃们上学苦啊，学校能不能盖好点？"

"路还是难走啊,我们连贡山县城也没去过一回。"

……

走访的日子里,高德荣的心充满幸福,让他感到幸福的是他和独龙江亲人们的心贴得这么近。这是同族同胞的亲情啊,独龙江的兄弟姐妹们怀着深情厚谊,毫不设防地对他敞开心扉,这更加坚定了他的信念。老百姓不是被动地等人施恩,他们没有失去对生活的信心,给一点儿希望就能把他们的信心点燃,如果再多给他们一点儿机会,他们一定活得红红火火。

同时,他的心一直在暗暗作痛,他看到了太多现实中的问题:独龙江乡亲们那一张张带着菜色的愁苦的脸,贫困窘迫的生活,一筹莫展的现状。他感受到群众几乎什么都缺,连基本的需要都没有得到满足。他下定决心:党把独龙江乡交给自己,就要把这里的兄弟姐妹照顾好,让他们过上幸福的好日子。独龙江的兄弟姐妹这么信任你,相信你会带着他们过上幸福的好日子,高德荣啊高德荣,这可是一份沉甸甸的信任,说再多好听的都没用，你该为他们排忧解难！独龙江啊独龙江，请你告诉我，新希望的突破口到底在哪里？

高德荣陷入了苦思，他久久站在像流动的翡翠一般的独龙江边，冬日里江水清澈得像一块绿玉，带着凛冽的寒气，奔腾不息。是的，一年四季，独龙江绝不会因为遇到阻碍就停止奔腾的脚步。"独龙江往前走啊，要像独龙江一样往前走！"高德荣点燃一支烟，目不转睛地盯着那团奔腾的绿。他深吸了两口烟，抬头仰望巍峨的高黎贡山，又深深叹了口气。

海拔三千米以上，这里的狗尾巴草一个月就结籽，月亮花七天就开花，生命到了这里，就像按了快进键，匆匆行进，稍纵即逝。独龙江乡耕地面积非常小，农作物生长期不到四个月。先天不足的条件，使它永远不可能成为人们向往的鱼米之乡、富裕之乡。这里似乎是富足的禁区，风不调、雨不顺，想通过传统耕作丰衣足食，是天方夜谭。独龙人要摆脱靠救济的生活，吃饱穿暖，就要另辟蹊径，自谋独特的发展之路。

黄山羊和独龙牛

高德荣望着高黎贡山上的雪线,突然,他似乎听见了原始森林中独龙牛的叫声。独龙牛!他的眼睛一亮,立即掏出笔记本,这是他听取老百姓意见时做的笔记。他摸出笔,在群众提出养殖黄山羊、独龙牛的意见下面重重地画了一个大大的五角星。

群众的智慧是无穷的!可以养殖黄山羊、独龙牛不正是独龙江拥有的得天独厚的条件吗?独龙牛体格高大,额头宽大,四蹄雪白,是现存数量稀少的珍稀牛种。这种牛在高海拔的原始森林生存,可以野外放养,只要定期到它们经常去的地方,给它们喂一些食盐,就可以将其驯养成家牛。还有黄山羊，独龙江有大量灌木林，是饲养黄山羊的天然牧场。既不破坏环境，又能养殖独龙江特有的牲畜，只要找到启动资金，这不是目前最好的一条发展之道吗？原来智慧的源泉就在群众之中！

高德荣的思路完全打开了，掉头急速向村寨走去。他兴奋地叩响了群众的门，召集大家商议这项新事业的技术细节。大家听了都摩拳擦掌、跃跃欲试，可是一个巨大的难题横在大家面前："乡长，想干，没钱，怎么办？""我来办，你们只管准备起来。"高德荣斩钉截铁地回答。

高德荣相信党和政府会有英明的决策，他只身一人，花了七天七夜赶去昆明。没有一个熟人，手里只有一份自己开的证明材料。他跑到省民委、省农业厅，为民请命，请求支持独龙江发展畜牧业生产。他见人就微笑，掏出证明材料，放在办公桌上，不卑不亢地陈述自己的理由：我不是来比贫困的，是来比点子、比实干的。

独龙江资源不够，适当配置可以"兴民心，造民力"。独龙江草山面积大，人口稀少，非常适合养殖黄山羊、独龙牛，形成"小"（小规模）、"独"（独有）、"特"（地方特产）的畜牧养殖特色。有人被他的叙述吸引了，上报给有关领导。有关领导被他专业又实在的方案说服了，甚至以为他是一个研究畜牧业的专业人士。"这是一份有创见、有前途的新型产业发展之路，而你，是一个无法拒绝的实在人！"领导当即拍板支持。

省农业厅也被他的方案说服了，厅长来到独龙江调研，确定了扶持独龙江以养殖黄山羊、独龙牛为主的特色养殖业，促进独龙江畜牧业的发展。

如今贡山县山区或山林中，到处可见成群的独龙牛。一头独龙牛价值万元以上，已被农业农村部列入《国家级畜禽遗传资源保护名录》。专家们则看好独龙牛的基因价值，它极有可能为中国肉黄牛的基因改造做出贡献。独龙牛成了独龙江，乃至怒江的名片。

在党和政府的支持下，独龙江就这样迈出了经济产业创新的第一步。

独龙族从原始社会直接过渡到社会主义社会，文盲和半文盲占多数，大部分人听不懂普通话，语言问题成了学习知识的"拦路虎"。一九八八年，高德荣组织举办独龙语培训班，一年后，又推荐教员到省城参加独龙语培训。培训结束后，高德荣带着教员跑遍独龙江，动员独龙江的年轻人到夜校学习语言和文化知识，提高文化素养。

独龙族人长期居住在深山中，性格内向，动员人们上夜校的难度可想而知。果然，首批没招到多少学生，但是高德荣带着一群人坚持了下来，独龙江有了首届夜校毕业生。一个人就是一枚语言的火种，学好了回家教孩子；孩子启蒙得好，长大就可以学习更多的文化知识，为家乡做贡献。高德荣动员着，鼓励着，他明白，语言是流淌着的民族文化，社会进步需要在内部更新造血。

为了改善独龙江的生存环境，为发展独龙江乡的基础设施建设争取资金，高德荣决定再赴昆明寻求政府支持。出发前，高德荣做了一份功课。多年来，因为独龙江"蛇路鸟道"的路况，这个千年秘境很少有人能深入，就是州县干部要走一趟独龙江，也要"咬碎牙，褪身皮"。畜牧养殖业得到启动资金的支持让高德荣有了信心，不是省里不愿管，而是由于信息闭塞，外界完全不了解独龙江的情况。口说无凭，他发动全乡会画画的教师，拿起画笔，照实画出一幅幅独龙江惊心动魄的现状的图画，并配上简短的说明文字。

省领导展开这位面容清瘦、身材矮小的乡长递过来的手绘独龙江乡民生图。只见面黄肌瘦的孩子，在四面漏风的茅草房子里上课；教室里雨滴成帘，课桌歪斜，地板坑洼不平；宿舍里只有一块光溜溜的床板，一块独龙毯就是一年四季的被子；校舍年久失修，窗子掉了，门破了，变成了洞，孩子们从洞里爬进爬出；吃不饱、受不了饿的孩子，捡三块石头垒一个土灶，找几个洋芋或者捞一条江鱼充饥；黑烟滚滚的松明灯下，孩子们揉着一双双求助的眼睛；病床上，缺衣少药的老人在呻吟；滔滔不息的独龙江上，悬挂着摇摇欲坠的藤条溜索，吊着眼看就要掉进江中的人马；原始森林中唯一的一条"猴哭鬼愁"的"蛇路鸟道"上，骡马背夫摇摇晃晃地赶着在大雪封山前背物资进乡；风雨飘摇，熏得乌漆墨黑，兽穴一样破败不堪的千脚落地房①里……

独龙江深度贫困的现状图，一幕幕、一张张，让人触目惊心。省领导无不动容："为了独龙族同胞的发展，我们没有权利坐视不管。"

这次，独龙江一次性获得了三百五十万元的项目资金。拿到这一大笔资金，高德荣悄悄落了泪。没有党和政府的支持，独龙江寸步难行。这三百五十万元，每一分钱对独龙江的意义都重如泰山！他现在可以兑现对独龙江兄弟姐妹们的承诺了："有党和政府的关心，独龙人的日子会一天比一天好。"

他带领独龙人投入建设，扩建了独龙江乡卫生院、中心学校，新建了一个小型电站和四座人马吊桥，初步改善了独龙江乡的基础设施，在一定程度上解决了群众在看病、读书、出行等方面

---

① 千脚落地房：这种房子由许多木桩或竹桩作为房屋的支撑，这些桩子看起来像很多只脚。——编者注

遇到的问题。

电站建成那天，拉下拉绳开关，透明的玻璃灯泡亮起，把幽暗的垛木房照得像户外一样明亮，独龙江人简直不敢相信眼前的"魔术"。他们紧紧抓着乡长的手表达感激，夸他能干。高德荣笑着说："这不是我能干，这是共产党对独龙族人民的厚爱。"

围着这团神奇的光亮，高德荣情不自禁带大家唱起了快乐的歌："丁香花儿开，满山牛羊壮，独龙腊卡的日子，比蜜甜来比花香。高黎贡山高，独龙江水长，共产党的恩情，比山高来比水长……"

独上贡山

一九九〇年六月,高德荣接到被任命为贡山县人大常委会纪法科科长的通知。他刚开始不想去,独龙江仍然是极度贫困的代名词,是全国发展非常滞后的少数民族地区,经济发展仍然十分落后,基础设施仍然十分薄弱,处于整体深度贫困状况。他放不下独龙江,一千零五十二户乡亲的喜忧苦乐他都记得清楚。

他又把问题抛给了妻子:"你觉得去还是不去?"马秀英懂他在想什么:"德荣,你应该去,独龙江也在贡山,你去了,可以为更多的人干事。"这句话击中了他,他看着一直默默支持自己的妻子,这些年来妻子为他承担了家里几乎全部的责任，家里的老人和孩子都是她在照顾。他经常把家当成办公室，人来人往，都是她忙着张罗招待，这就是他贤惠的妻子。他这回听了妻子的意见，重点是独龙江仍然在贡山，这没有违背他的初衷。成！他点头。

这一点头，就是十六年的承诺。

一九九〇年六月，高德荣没有惊动爱戴他的独龙族同胞乡亲，选择了悄悄启程。从纪法科科长，到贡山县副县长、县人大常委会主任、县长，高德荣和贡山领导班子团结一心，坚持深化改革、扩大开放，使贡山在经济、交通、文化教育等方面发生了翻天覆地的变化。

高德荣经常说："当领导的无论官职大小，我们都要做政治家、思想家、艺术家、策划家、实干家。"在贡山工作期间，高德荣带头维护民族团结，像爱护眼睛一样珍视民族团结，为贡山县的经济发展和社会稳定凝聚力量。在日常工作中始终坚持从大局出发，提倡不同民族的党员干部真诚待人、不打官腔；同事之间尊重对方的民族习俗、个性习惯，形成融洽和谐、团结协作的良好风气。

他任人奉行"德才兼备，五湖四海"的原则。他在任期间，政府班子成员中，只有他一个人是独龙族，三任政府办公室主任没有一个独龙族同志，一直跟随他的驾驶员肖建生同志是藏族同胞。在重大项目布局方面，他总是先安排其他乡镇，最后才给独龙江。在处理民族关系方面，他牢固树立和践行"三个不离开"思想，和贡山县各民族同胞广交朋友，主动为群众办好事、实事。

高德荣常说："一大堆计划不如为群众办一件实事。"他的办公室不是在"车轮子"上，就是在"田间地头"。他把自己的根扎在基层群众中，始终保持想干事、干实事、敢干事的工作态度，不断增强会干事、干成事的工作本领，在岗位上用心、用情、用力工作，善始善终，善作善成，是"求真务实，用心干事"的楷模。

高德荣善于在工作中发现问题，该批评的时候狠狠批评，决不搪塞。他去考察丙中洛，那里景色优美，但是环保做得差，他一针见血地指出:"别搞错了,丙中洛不是人畜共居之地。"他在人代会上的开场白说:"我是人民选出来的县长,也是人民选出来的全国人大代表,我深知自己肩上的责任和担子的分量。我不怕得罪人,就怕成罪人。"他还说:"贡山的老百姓生活要脱贫,领导思想上也要'脱贫'。"

当年贡山电摩托横行,超载严重,车祸频发,他召开主管部门会议,铁着脸开门就批:"贡山有三烂,第一是路烂,第二是车烂,第三——"他扫视全场,"是人烂!群众被摔伤摔死,你们却坐视不管,你说你们烂不烂?"一句句话振聋发聩。就凭着一身正气,他目光锐利,语言犀利,不含糊,不搞一团和气,不怕得罪人;发现问题后狠批,立即提出解决办法,问题很快迎刃而解,让人心服口服。

在工作中,高德荣一向是对事不对人,如果发现自己批评过了头,他也会主动道歉。就算对方还有不平情绪,他也毫不在意,满脸诚恳,请对方吃早饭或喝茶,心平气和地谈,直到对方情绪平静下来,理解了他的思路和想法。

高德荣是出了名的"工作狂",无论前一天睡得多晚,第二天清早都会准时起床,外出工作,从不贪睡。这就意味着同事和工作人员跟他下乡时,也得是同样的"工作狂"。一大早出门,跋山涉水,从这村跑到那村,等到工作结束返回驻地,往往夜已深。清晨出发,疲惫夜归,高强度的工作使大家累得筋疲力尽。他看在眼里,体恤在心头。遇上天寒地冻、阴雨绵绵的天气,他会亲自煮一碗热腾腾的姜汤或者蛋汤,笑呵呵地递到大家手里,心意都在其中,一团暖意顿时驱散了大家的疲惫。

有一次出行返回,大家下车后蜷缩在火塘边的长凳上,一句话也不想说。高德荣却好像没有疲倦的时候,只在车上打个盹儿,一下车就精力充沛地跑进了厨房,开始刷那口大铁锅。有工作人员跟进去,想帮他刷,让他休息一会儿,毕竟他是工作中最累的那个。他坚持自己来,让工作人员去一旁休息,独自一人在厨房里又一阵忙活,只听到里面一阵噼啪作响,不久就传来阵阵诱人的香味。

大家睁开打瞌睡的眼睛，嗬，这回他炒出了一盘糖栗子犒劳大家，还打趣自己有"自知之明"。大家哗笑"工作狂"还知道"自知之明"，吃着热腾腾的栗子，化解了疲乏，心也被他彻底"收买"。谁叫他是这样一个让人"恨"又让人爱的领导干部呢？明知道和他一起工作会超负荷运转，但是每回又盼着和他一起成为"工作狂"。他这份"自知之明"其实是对下属准确拿捏分寸的"宠爱"，怎能不让人感受到他心底的温热？

和他一起工作，感受他身上那股拼劲儿，他不是为自己拼命，是为了人民，为了民族，为了国家，信念的执着，总让人心生敬意。无论是狠批还是暖爱，时间长了，人们感受到他身上的正、真、直，同事下属都被他高尚的品格和人格魅力征服。

老县长赶集

群众是高德荣的心之所系，他爱观察，爱思考，爱鼓励群众做些改善生活的积极尝试。二〇〇二年，听说捧当乡马西当村有了集市，那里是怒族、傈僳族聚居区，离贡山县城十二公里，他立即叫驾驶员驱车带他赶去调研。到了地方，却发现集市一片冷清，附近的怒族、傈僳族的农民和山民背来自种的蔬菜、收的山货，稀稀拉拉摆在地上。眼看天要黑了，菜都要蔫了，人们一筹莫展。高德荣扮成一个热心的顾客，问了价，把所有东西照单全买下，把车子塞得满满当当。

从此以后，只要这里有集市，他每场必到。高德荣发现这里货品滞销的原因，一是买主少，二是卖主不懂打理商品——他们的蔬菜瓜果和山货,人背马驮运到集市,连土带泥,一股脑儿撂成一堆,"蓬头垢面",不好看,自然难卖掉。他蹲下身,帮他们将货物清洗、扎捆、分类,卖相好了,果然好卖许多。

到了傍晚,有没卖完的,他仍然"一锅端"。每次妻子看见他带回来一筐苹果、半筐土豆的,就摇着头苦笑:"这个老高!"高德荣陪着妻子把蔬果送给邻居们享用,边送边笑呵呵地说:"你们放心吃,保证都是生态产品。"他就这样忠实地当着农民们的尾单主顾和义务推销员,还发动县政府机关干部职工抽空去那里赶集。

有一天,高德荣又去集市,正巧碰见一个县干部在和卖菜的傈僳族农民大声讨价还价。农民老实巴交,收入低,卖点自己种的小菜仅仅为了赚点小钱糊口。高德荣不讲情面的脾气又上来了,他大步过去指着这位县干部狠批:"你是拿国家工资的人,还有脸和农民讲价钱?他们从山上、从地里种这点东西多不容易!你的良心呢?"说得那位干部面红耳赤,羞愧不已。

农民的菜价本来就很实在，再往下压就要亏本了。高德荣不怕得罪人，他觉得当干部如果不为群众说公道话，还不如不当。没过多久，有一次高德荣赶集时又碰到了那个挨批的干部，这回他正在帮农民一起扎菜，弄得一头一脸的泥巴。高德荣过去，二话没说，拉起他去一个摊位上，叫了碗米线，喝酒。刚开始喝的是闷酒，二人沉默着，一句话不说，各喝各的。后来喝开了，那位干部端起了酒杯："老县长，我服你！你拿情动人，话再重再狠，也是暖和的。"高德荣也拿起酒杯，脆生生地碰杯："兄弟，咱干了！"

就这样，在高德荣的热心关照下，慢慢地，马西当村的集市热闹起来。渐渐地，贡山的农贸集市也发展起来。

"刨雪队长"

贡山地处滇西北横断山脉纵谷地带,地貌特殊,各种自然灾害频发。高德荣的老部下李善荣同志说:"他常说'跟我上',总是冲在第一线。"二〇〇五年二月十三日起,持续的暴雪导致贡山全县电力、交通、通信全部中断,大量民房、农作物和牲畜受灾,直接经济损失达七千多万元。

丙中洛有八十多名游客被困雪山,时任贡山县县长的高德荣接了最重的活儿——担任道路抢修组组长,率先带领道路抢修组夜以继日赶往灾区。他们下午四点从贡山县城出发,因为不停遭遇雪崩,四十多公里的路,异常艰难地走了八个多小时，到丙中洛时已是凌晨一点。

高德荣冲在最前面，带领抢修组推出陷在雪堆里的旅游巴士。有游客注意到这个在前面奋力前行的老者："怎么能让一个老人帮我们推车呢？"当工作人员解释说这是贡山县县长时，旁边一个小姑娘紧紧盯着这一幕，天真地说："妈妈，贡山县县长真好，长大以后我也要当贡山县县长！"

巴士脱险到达捧当乡后，高德荣担心游客受寒冻伤，立即叫人煮生姜红糖水，热腾腾地让游客喝下了才放心。为了缓解游客紧张的心情，他细心地安排当地文艺队与游客联欢，让游客们很是感动。这次旅行让他们记住了贡山暴雪，也记住了一位善良的老人——贡山县老县长高德荣。

游客们安全了，高德荣放下了一半心，可是灾民的情况还让他揪着另一半的心。暴雪停下后，雪崩和泥石流等二次灾害随时可能发生。在这危急的十来天里，他没日没夜地奔波在灾区，跑遍了怒江沿岸二十几个村委会，带领干部群众深入一线抢险救灾，挨家挨户了解灾情，慰问群众。

二月十八日，这天很冷，因为公路被雪崩严重阻断，进双拉娃村的道路无法通行。高德荣毫不犹豫地从车上跳下来，对工作人员说："道路一时无法通行，灾情不等人。干等不是办法，今天哪怕用尽最后一点儿力气，也要走到双拉娃村。"雪地又滑又湿，高德荣深一脚浅一脚走在最前面，一个趔趄摔倒了，积雪上就出现一个人形的印痕；他咬牙爬起来，再深一脚浅一脚地往前走，又一个趔趄摔倒；雪洇湿了鞋袜，脚趾很快失去了知觉，身上的衣服渐渐湿透……

经过三个多小时的雪中徒步跋涉，一行人终于到达双拉娃村。刚进村口，就听见有人惊喜地高声呼喊："老县长带人来啦！"原来，村民们面对突如其来的灾难，吓得不知所措。有的人倒地求神，有的人不顾零下几十度的低温，把全家所有的衣被都盖在牲畜身上。听说老县长来了，六神无主的乡亲们纷纷奔出家门，一会儿工夫，村口就聚集了约二百人。

乡亲们迎着风雪站在路边，看着迎着他们走来的浑身透湿的"雪人"老县长，都感动得哭了。老县长哑着嗓子安慰乡亲们："再大的困难，党和政府都会帮你们渡过难关。"然后转头交代工作人员："首先保人，再保牲畜，决不能让一个人冻坏。"那一刻，悲喜交加的村民们无比确信：无论遇到多大的困难，老县长都会给他们强有力的庇护；只要老县长在，乡亲们就有了主心骨。

高德荣有句名言在贡山流传："我们是党员干部，危险时刻必须往前冲！"这句名言是他在危难时不假思索吼出来的。有一次，老县长从贡山县城到州里开会，突降暴雨，暴雨引发了泥石流，瞬间道路坍塌，滚石横飞。他跳下了车，闪身跳进了滚石不断、险情重重的高危地段，迅速指挥人员全力抢修损毁道路，自己也一起搬抬乱石。随行人员担心他的安危，劝他后退到安全地带，不要参加抢通工作。高德荣满脸怒容，一边抬起一块溅满泥浆的圆石，一边不假思索地吼道："我们是党员干部，危险时刻必须往前冲！"

他严厉的声音里有一种威严神圣、无法抗拒的力量，所有在场的人听得心头一震，肃然起敬，继而振作起来。

没有人怨天尤人，坐等救援，跳出车一起参加抢修的人越来越多，大家不顾安危，齐心合力，终于搬开了拦住主道的巨石。老县长一边沉着指挥大家，一边满头大汗地搬运，路一段一段被清理出来，交通终于恢复了正常。他们在第二天凌晨六点多到达六库。虽然一路抢修道路，一天一夜没合过眼，但老县长清洗干净身上的泥浆，准备好开会材料，又带着亲切的笑容和饱满的精神，准时出现在上午八点的会场。

自从这次事件后，"我们是党员干部，危险时刻必须往前冲！"这句在情急中吼出来的话，成了高德荣的名言，也默默激励着与他一起奋战的同志们。

二〇〇四年，高德荣护送教师和医护人员进独龙江，这位"拼命三郎"感动了这批来自五湖四海的知识分子。二〇〇四年十二月，大雪封山在即，新招聘的十六名教师和医务人员必须赶在封山前进入独龙江。那几天,高德荣患了重感冒,发着烧,连日咳嗽,需要卧床休息。但是他在听到这个消息后,立即从床上跳下来,打算亲自护送教师队和医疗队。带队护送的副县长也跳起来:"县长,这次由我们来送,你这样头头顾,身体怎么受得了?"他是担心县长再受寒受累,如果重感冒转成肺炎,在高海拔地区会有生命危险。咳嗽不止的高德荣抬眼看看又开始飘飞的雪花,一声不吭坐上了最前面的车,负责为车队开路。再也没有人比他更熟悉独龙江的路况了,天气恶劣,教师、医生,每一个都是独龙江的宝,他不放心。

艰难行进了四十八公里时,夜幕已经降临,能见度很低,车队不得不停下就地露营。雪还是纷飞不止,高德荣跳下车,钻进雪里,他绕着车队,打着手电筒,上上下下仔细查看是否有雪崩的可能性或者滚石的危险,还有车轮边的土是否有松动坍塌的可能。

他叮嘱大家在车内休息,自己守在车外,来来回回地查看;实在冻得受不了,就回车休息一会儿，暖和过来又跳下车查看，几乎一夜没睡。翌日凌晨再次启程，车队缓慢地在积雪覆盖的公路上艰难行进。一路上，高德荣不知多少次跳下车，探路，刨开积雪，搬开滚石，清除路障，以保证车队顺利行进。雪在他的头上、眉毛上结了冰，风刮在他发烧的脸上，脸变得通红。他顾不上这些，不听劝阻，一次次冲锋在前。

经过艰难跋涉，车队终于安全抵达独龙江。教师和医生们被深深感动，他们中有人最后才知道，这位一直在雪中咳嗽着为他们默默开道的人，原来就是贡山县县长。他们握着老县长仍在发烧的手，感动得说不出话来。高德荣说："你们是独龙江的宝贝，我们要牢牢揣在怀里。独龙江的群众实在太需要你们了！只要你们踏进独龙江一步，我们就要敬你们十丈！"敬，在高德荣这里，就是宁愿用生命护卫。"我们是党员干部，危险时刻必须往前冲！"这句话，就是在病中，他也会无条件地谨守。

恶劣的自然环境下，遭遇各种突发状况，对高德荣来说是家常便饭，他早已将个人生死置之度外，把群众的生命利益放在首位。共产党员的坚定信念在他身上铸造了"三不怕"的伟大人格，那就是遇到困难不怕苦，遇到难题不怕累，遇到危难不怕死。这么多年来，他多次出生入死，的确做到了舍生忘死。他认为领导干部就要做到亲力亲为，凡有危难必在现场，在现场必抢在最前面、最危险的地方，这样才配做领导干部。

为了让独龙江开山时期长一些，让独龙族同胞运输物资的车多通行几趟，为独龙江施工人员多储备一些建筑材料和生活物资，每年十二月和翌年五月，在独龙江封山和开山季前夕，高德荣都要在海拔三千多米的高黎贡山雪山上驻守一段时间，少则一星期，多则一两个月，与交通部门的工人们一起奋战刨雪。

冰天雪地，朔风飞扬，高德荣挥舞着铁铲或铁镐，一铲铲、一镐镐刨开厚达四五米的积雪，和工人们一起奋力开通公路。晚上，他与工人们同睡在雪地工棚里，吃干粮充饥，喝水酒取暖，身上盖三层被子还是冷，耳朵灌满呼啸的风声。

他是工人们的定心丸，大家亲切地称这位可敬的"苦力志愿者"领导为"刨雪队长"。

刨雪不仅苦、冷、累，还随时可能遭遇雪崩。二〇〇七年五月，有一天快收工的时候，意外突如其来。雪崩以迅雷不及掩耳的速度瞬间掩埋了正在刨雪的高德荣和另外两位工人。万幸，在场的交通局装载机手及时发现，把他们从雪堆中刨出来，躲过一劫。发生了这么大的危险事故，工人们想，"刨雪队长"以后应该不会来了。没想到的是，等到十二月的封山季，皑皑雪峰下的刨雪路上，又出现了那个熟悉的矮瘦的身影。做一次容易，坚持一生很难。身居高位的他却志愿坚持去做这样危险艰辛的活儿，许多与他共事过的领导同事感叹："我们真的做不到，老县长却做得到！"

在危难前，共产党员应该冲在最前面；一个党的干部，就是要扎根在群众当中，到群众中去，路途再危险也要去。有人说，老县长不是在群众当中，就是在去群众中的途中。下乡路远危险，经常遭遇惊险事件。有一次在下乡途中，车在一面是雪山一面是万丈悬崖的公路上行进，没想到一场雪崩降临，大半个车身瞬间被大雪掩埋，坐在开着窗的副驾驶座的老县长被掩埋在雪堆下。随行人员好不容易才把高德荣从雪里刨出来。看着公路下的万丈悬崖，大家倒吸一口冷气——如果今天的雪崩再大一些，后果真是不堪设想。说起这些遇险经历，老县长一脸平静、波澜不惊，所有那些让人不寒而栗的经历到了他的嘴里，都变得云淡风轻："这些危险经历太多了，在怒江，尤其是独龙江，总免不了的。"

怪不得有人感叹，老县长这些年是踩着刀尖过来的。这些意外给他留下一身伤痛，他总是没时间停下来好好治疗。但他从不后怕，从不后悔，从不后退。"自从我加入共产党，我就把我的生命交给了党，交给了人民。怕也没用，做到了全心全意为人民服务，就是牺牲了，我也不怕去见马克思。"他说得坦坦荡荡。

一句入党申请书中的承诺，成了这位一心为民、舍生忘死的共产党人的人生信条。崇高的理想、坚定的信念打造了他的铜筋铁骨；对真理的砥砺追求，淬炼出一颗为人民为党为国的忠心。在他不高大也不强壮的身上，传递着一股洗涤人心的超级能量，让每个走近他的人都能感受到信仰强大的磁场，一种当代英雄顶天立地的精神。

重建"天梯"

在贡山十六年,高德荣真正做到了"为官一任,造福一方"。在贡山担任县长期间,高德荣最让干部同事叹服的,是提出了很有远见的贡山跨越发展的两大目标——

第一,他提出建设交通网络,以贡山为中心,打通东南西北四个方向的交通主干道。往东,是贡山与迪庆、德钦相连的路,目前德贡公路已经修通;往南,连接六库、昆明,现在,从六库到贡山的美丽公路已经修通;往西,连通缅甸,与"桥头堡战略"契合,推进我国西南开放;往北,一路通向北京。这个交通网络的建设目标即是使贡山可以"东进西出,南下北上,打破'口袋底'"。

如今这些构想已经逐步实现，贡山也发生了日新月异的巨变。我前往独龙江采访时，从六库到贡山县城，沿怒江峡谷而建的"美丽公路"，沿途开满美丽的格桑花和太阳花，"美丽"名副其实，交通非常便利。

为了实现这些构想，高德荣多次向国家发展改革委、交通部等部门反映汇报，多次以人大代表的身份提出建议。如果没有他的大力呼吁、极力争取，贡山的很多建设项目都难以落实。他还建议在贡山建一个民用机场，带动交通运输业的发展，让更多人走进这片神奇的土地。他开阔的视野和超前的远见，让人惊叹。

第二，他提出把独龙江发展问题提升到省级和国家层面，实际上，这就是正在实施的独龙江乡整乡推进、独龙族整族帮扶的最初构想。在独龙江发展历史上，高德荣通过一九九九年九月独龙江简易公路正式通车，促成了"独龙江第二次解放"。

一九九六年，时任贡山县副县长的高德荣带

着当时的县财政局局长赶赴财政部,争取独龙江公路专项修建资金。这次,他也做好了充分的准备。

在大家的记忆中,高德荣一向淡泊名利,涉及自己和家庭的利益总是谦让,从不争取。他个人生活极其节俭简朴,一身衣服可以穿十年,一块手表戴了将近三十年。十几年来,他们一家四口住在贡山一套只有四十七平方米的旧房子里,厨房搭建在外面的过道里,家具只有一张老式三人沙发,几个长条凳和小板凳。屋里黑乎乎的,没有卫生间。这样的像豆腐块一样小的房子,还总要用于接待来贡山办事无法及时返回的独龙族老乡,每年冬天,又塞满了在贡山求学,因为大雪封山无法回家过年的独龙族学生。即便这样,当有机会换大一点儿的房子时,高德荣却推辞:"贡山穷,住房紧。我又不是什么金贵人,住习惯了,让别的同志先改善吧。"

对自己的事,他从不谈享受,再苦也咬咬牙挺过去。下乡途中,遇到感激他的老百姓给他捎点鸡蛋、玉米这类土特产,他总是悄悄塞回去几百块钱补贴老乡，给的比拿的多出好几倍他才心安。他的人生字典里，很少有"要"字，反而总是"给"。然而到了北京，为了独龙江，高德荣简直就像变了一个人。

那天晚上高德荣吐出肺腑之言："国家不容易，粥少僧多；独龙族实在太苦了，我们有了路，才能不给国家添堵。"他说起了小时候听祖辈讲的一个传说：远古时代，独龙族人有一架天梯，后来老鼠与人类争食，将天梯啃断了，独龙族人从此跌进了贫困的深渊。

从一九六五年起，独龙江靠县里的国营马帮在大雪封山前驮运过冬物资，来回一趟要花十天。路太险了，人和马随时都有生命危险，还有很多人和马累死或冻死在路上。这条马帮运输线就是独龙江乡的生命线。缺了天梯，独龙江被困在深渊，实在太苦了。连生孩子都要避开半年大雪封山的日子，否则一旦出现危险，两条命都保不住。

"你说，我这个面子跟老百姓受的苦相比，算得了什么？老百姓还在受苦，我要这个面子又有什么用？独龙江的娃娃连出来上个学都有生命危险，哪个娃娃有闪失，我怎么向家乡父老交代？只有靠党和政府的'交通帮扶'，才能帮独龙族重修'天梯'；拿到资助资金，独龙族才能爬出深渊，才有希望。独龙江再不通车，我高德荣无颜见家乡父老……"县财政局局长默默听着，一起喝酒，一起叹气，一起落泪。

这位铮铮铁汉，在贡山干部群众的眼里，是一个神通广大的人，又是一个淡泊如水的人。谁又知道背后，他为了独龙江的路这样心焦如焚、千方百计！县财政局局长这次彻底懂了他，明白了他的坚持。

就这样，高德荣带着他的"战友"每天一起床就去财政部蹲守汇报，天天如此，连蹲七天，蹲到财政部人人都记住了这位身材矮小的副县长和我国最后一个聚居地没通公路的少数民族。"必须支持！"财政部有关领导被感动了，给独龙江拨了三千万元财政资助。

加上省委各级领导部门的支持，从贡山县城到独龙江乡这条总投资一个亿的公路，在一九九五年国庆节这天正式开工。整个独龙江为之沸腾，都在庆贺这个重要的日子。高德荣向公路建设指挥部请求，公路的最后五公里由独龙族群众组成一个施工队来完成。独龙族施工队？修公路难度大、技术含量高，独龙族人能行吗？"就是落后，才需要学。"高德荣诚恳地说，"独龙江公路修通了，以后还要修乡村公路，不靠独龙族群众靠谁？不学永远不会，学了就会了。"

独龙族施工队在各种异议中组建起来了，但很快就出现了问题。有几个独龙族民工没几天就丢下工具跑回家了，因为什么都不懂，太难了。高德荣亲自把他们一个一个找回来。一大早，高德荣第一个起床烧火煮饭，煮好后把他们叫起来，一边给他们盛热腾腾的饭，一边和他们说暖乎乎的话："知道你们不容易，技术再难，趁着工程队在，可以现学现问，又不要交学费。我们不能永远靠支援，我们需要自己的建筑技术人员和工程师，以后独龙江乡的建设靠你们啦。"感受到副县长父亲般的关切，听着语重心长的话语，这几个独龙族汉子为自己的举动感到惭愧。

重建"天梯"

高德荣索性在工地上住下来，白天和民工们一起抬石头，晚上一起住工棚，清早起来为他们煮饭。外地施工队把这一切都看在眼里。为了组建一支独龙族施工队，并让他们按质按量地完成工程，副县长竟然当了"编外施工队长"，与民工一起干活儿，还亲自当后勤厨师，这是谁都没见过的新鲜事。后来，独龙族施工队中再也没有发生过民工离开工地的事件，独龙江公路最后五公里也按时保质完成。再后来，这支施工队果然在修建独龙江乡村公路中发挥了骨干作用。大家无不叹服高德荣的远见。

经过四年建设，由四千多名工人组成的修路大军，克服昆虫、蚂蟥叮咬，毒蛇袭击和高海拔寒冷及缺氧等困难，过原始森林，蹚沼泽深潭，攀人造天梯，翻雪山垭口，战塌方，开路基，凿隧道，架桥梁，风餐露宿，日夜苦战，创造了一个又一个奇迹。全长九十六点二公里的独龙江公路，于一九九九年九月九日正式竣工通车，独龙江乡这个少数民族聚居地没有公路的历史从此一去不复返。

从此，独龙江驮运物资的马帮永远退出了历史舞台，独龙族同胞再也不用徒步走出独龙江，独龙族终于打通了新的生命线。汽车出独龙江，单程五个小时左右，大大缩短了人们进出峡谷所需时间，从根本上解决了独龙乡落后的交通状况，实现了独龙族人多年来梦寐以求的愿望。因修这条路在施工现场两次遭遇雪崩被埋的高德荣，看着蜿蜒伸向前方的公路，擦去眼中涌出的热泪说："感恩党，感谢政府，为独龙族人民搭起了新时代的'天梯'。"

最不像干部的干部

二〇〇三年,高德荣当选为第十届全国人大代表。"共产党人要老老实实向人民群众学习,这是总书记教导的。"高德荣说,"人大代表就要为人民代言。"与会三个月前,他就开始准备人大议案。他不愿意坐在办公室听干部们念材料报告,而是跋山涉水,走村入户,下工地,进农家,真正走进群众当中,了解民情民意。

高德荣下乡调研,车上总带着"百宝箱",里面除了有专门给困难户准备的油、米、肉等物品,还有几大件——锄头、斧头、砍刀、撬杠、铲子、锤子、绳子。下乡途中,经常上有飞石,下有激流,前有断桥,后有塌方。遇到险情,高德荣总是第一个冲上去查看、处置，抬石头，铲泥土，让大家平安通过危险地带。

在老百姓的眼里，高德荣是"最不像干部的干部"：磨破了领口的衬衫（偶尔有空时他会戴老花镜自己缝补）、高高挽起的吊脚裤，还有沾满泥巴的运动鞋，永远穿着一身朴素的衣服，随手拿一顶斗笠。穿着像老百姓，心与老百姓的心更近。一路走访，老百姓都熟悉他，像自家人那样和他打招呼。看到哪家正在干农活儿，他还会走过去陪他们一起干会儿活儿，说会儿话。

该吃饭了，走到哪家就在哪家用饭，老百姓吃什么他吃什么，都是简简单单的家常饭。天晚了，到了哪家就在哪家打地铺。他车上总是带着被子等简单的铺盖，晚上就在老乡的火塘边打地铺，聊夜话。临走前他会坚持留下超额的伙食费和住宿费，从不吃免费的餐食，不愿增加群众的半点负担。

高德荣眼里从来没有贫富贵贱，每个群众的意见他都珍重、珍视，群众则把他当成最信赖的朋友和兄弟，敞开心扉把难处说给他听。他边听

最不像干部的干部　113

边记，边记边想。他尤其关注那些有老弱病残或是有求学儿童的困难家庭，关心他们的生活现状，也经常默默接济他们。他经常从汽车后备厢里取出准备好的大米、油盐、腊肉，笑呵呵地说："这些东西和钱不是我老高送的，是共产党关心咱们少数民族，上级让我送来的。"许多年以来，他都这样不计成本、不图回报地奉献着自己的一份大爱。

高德荣喜欢下乡调研，可是乡镇领导迎接他的心情却有点复杂，既想他来，又怕他来。想他来，是因为从他这里总是能听到真知灼见、得到宝贵的工作建议；怕他来，是因为他这个县长，比他们所有人对乡情民情掌握得都更深入、更全面、更有高度。他简直就像在群众中安装了一个摄像头，总是能非常准确地说出民情、村情，分析得头头是道、切中要害，那种深入细致让他们深深佩服，也让他们感到惭愧。他们知道老县长最大的"秘密武器"就是能随时和群众打成一片，群众从不把他当外人，可是要他们做到这点，实在是难啊。

群众路线是党的生命线和根本工作路线。来自人民，植根人民，服务人民，高德荣彻底贯彻党的群众路线，与群众心连心，同呼吸，共命运，几十年来积累了深厚的情感。这让其他干部羡慕，更值得他们深思，并好好学习。高德荣是一个真正扎根于群众中的共产党员干部，人民是不会把这样一个喜他们所喜、急他们所急的好干部当成外人的。

因为做了大量的调研和精心的准备工作，在二〇〇三年三月第十届全国人民代表大会云南代表团会议上，高德荣的发言简短却掷地有声，引起大家的格外关注。他说："我的家乡独龙江是生态保护最好的地区，森林覆盖率高达百分之九十三。但至今贫困程度深，当地群众仍然过着半隐居的生活。为什么生态越好的地方越贫穷呢？"他提出了自己的思考："保护不能绝对化，开发不能随意性，只讲保护不发展不行，只讲发展滥开发更不行。要在保护中发展，在发展中保护。"言简意赅，字字如金。相关领导对高德荣的发言深表赞同。

除了在群众中收集意见和建议，高德荣也不忘与上级进行积极有效的沟通。他认为，党的基层干部就要起到上通下达的桥梁作用。他深入群众中调研，从群众中收集到第一手资料，后来数次作为人大代表发表意见、提出议案时，他抓住一切机会，反映祖国西南边陲贡山、独龙江的真实情况。他知道，国家那么大，贡山、独龙江那么偏远、那么微小，上级有关部门和领导很难了解到具体的情况。积极提交议案不仅是人民交给他的责任，也是党交给他的任务，他决不能错过任何一次机会。

在参加的历次全国人民代表大会上，高德荣总是积极反映独龙江和独龙族面临的困难，大声疾呼改善独龙江公路的通行条件，并且提出促进独龙江、贡山、怒江发展的议案，在独龙江乡、贡山县乃至怒江州的经济社会发展和生态环境保护等问题上提出建议和意见，争取项目资金和政策扶持。他的发言总是简短有力，不说半句废话，让人印象深刻。

只要有领导来贡山调研，高德荣一定陪同在

旁，向领导详细汇报当地情况。有一次，高德荣刚刚结束对独龙江的调研，返回贡山县城时已是晚上八点。那时的独龙江公路还没有完全修好，艰险异常，一下雨，路况就很糟糕，坑洼多，颠簸得厉害，一路上千弯万拐，跑一个单程就要搭上大半天的时间。高德荣刚一脸疲惫地从独龙江回来，得知省文化厅副厅长带队到贡山调研，次日要进独龙江后，立即又精神抖擞地主动提出带队。

第二天清晨六点半，高德荣陪同调研组一行再次进入独龙江，随车汇报独龙江当地情况。他这种执着，让一些人觉得难以理解，何苦这样折腾自己呢？可是，高德荣的理解却完全不同："我们条件差，底子薄，不去汇报争取，人家怎么了解你，支持你？"只有从不懈怠，尽职尽责地做好这份工作，才能起到人民公仆上通下达的沟通作用。高德荣从不让自己有歇口气的机会，也不会给自己留一条退路。相反，殚精竭虑、不遗余力地为人民的利益付出，他才感到舒心和满足。

在贡山各个敬老院里的老人们心里，住着一

个共同的亲人——高德荣。高德荣从小就是爷爷奶奶带大的，他对老人永远怀着感恩之心。对敬老院的老人，他尤其能体会到他们的孤独和寂寞。每次下乡，他总会绕道到附近的敬老院，去看望这些可亲的老人。

他工作繁忙，每次也不过是短暂地停留，坐下和他们攀谈一会儿，关心一下他们的衣食住行、健康、心情，有时还给他们带来一些营养品和点心。时间长了，敬老院的老人们都把他当成了自己的亲人，亲热地围坐在他的周围，扯着他的衣袖，用各民族语言和他说话。

有一次，高德荣到普拉底乡调研，抽空去那里的敬老院看望老人们。有同行的同志是第一次去敬老院，不了解情况。当看到那些老人像迎接亲人般迎接高德荣时，他们还以为这里面真的有高德荣的亲属。高德荣呵呵笑着说：他们就是我的亲人。

他向同行的人一一介绍在场的每位老人，对他们的名字、年龄、基本情况全部熟记于心。那是个大晴天，阳光洒满了敬老院的院子，老人们围坐在院子里，拉着高德荣的手，和他说着知心话。后来，他们又去了其他的敬老院。同行的同志发现，几乎所有敬老院的老人都像老县长的亲戚，他们这才明白，高德荣是把所有敬老院的老人当成了亲人，敬老院的老人也把他装进了心里。

高德荣把大爱给了人民群众，对群众慷慨大度，对自己和家人却十分吝啬严厉。他说，公是公，私是私。在任职期间，他决不允许自己和家人占公家一丁点儿便宜，公私分明，界限清晰。他从没用公权为亲属办过一件私事，从没给亲友批过一张违背原则的条子。

一对儿女，高德荣忙得没有时间管，都是妻子在照顾。孩子的学费、家里的开销都是用妻子的工资，他自己的工资全被用于接济困难户。女儿结婚，不允许以父亲的名义请客；儿子考公务员连续两年没考上，父亲没有打招呼、递条子，只给了一句话："好好用功，多看看书。"女儿在昆明上学，想让妈妈搭父亲的车去学校看看她，妈妈说："这样的事情，在你爸面前，提都不要提。"儿子和未婚妻去昆明拍婚纱照那天,父亲正好也去昆明办事,但小两口没敢开口搭父亲的顺风车,而是去挤长途汽车。他们知道,一开口准会被"骂"回来。

一家四口,在一套四十七平方米的简陋小房子里住了二十多年。这四十七平方米,也是一些独龙族孩子在县城读书时的安身之处。高德荣的女儿高迎春回忆这段经历时说:"周末,家里就像一个大食堂。寒假,独龙江大雪封山,七八个孩子吃住在我家,床不够就睡沙发、打地铺,一住就是一个假期。说心里话,我一个十来岁的小女孩,生活肯定不方便,可我的委屈不能说。父亲成天在外面忙碌,妈妈细心地照顾着每个寄住在家里的孩子,仿佛他们才是她的亲儿子、亲女儿,我和弟弟倒成了外人。有一次,我听见父亲说:'我们独龙族祖祖辈辈吃树叶、啃树皮繁衍下来了,因为受了教育,有了知识,才能真正像人一样生活。'这番刻骨铭心的话,使我久久难以忘怀。"听了父亲的话,她理解了父亲的苦心:"孩子是独龙族的未来,我们进了城,不能忘了本。"多年的委屈终于释怀。

我在采访高德荣的过程中，也访问过他的一些同事，其中有一个年龄和他相仿的同事，眼中闪着泪花说："我不如老高，你没去过他那个四十七平方米的小房子，火柴盒一样小，连卫生间都没有，住那么多孩子，这点我就做不到啊。"他摇着头，指着自己的胸口说："老高，这里大，大得让我惭愧了很多年！"

顾大家，舍小家，对百姓好，对自己和家人严，万事以民为先，公而忘私到"不近人情"，在强烈的对比下，高德荣向人们展示出，什么叫人民的好干部、好公仆。

老县长的"秘密基地"

二〇〇六年二月,高德荣当选为怒江州人大常委会副主任,到六库任职。谁也没料到,刚入职没几天,他就交出了办公室的钥匙,诚恳地向上级请辞:"请允许我把'办公室'搬到独龙江乡。独龙族同胞还没有脱贫,独龙族是祖国五十六朵花中的一朵,再不加快发展脚步,在全国全面建成小康社会进程中,就要落伍、掉队,那是给祖国母亲抹黑!"

这是高德荣第二次逆流而行,选择与世俗常规背道而驰的人生路径。有人好心提醒他:奋斗多年,好不容易可以安享晚年了,你却选择回到独龙江继续奋斗?难道你忘了自己的年龄?你已经两鬓斑白了。

家人也为他担心，儿女们希望劳累一辈子的父亲能够享点清福。这些年，父亲出过车祸，摔下过悬崖，遭遇过雪崩，积劳成疾，但因为忙于工作一直没有好好治疗。已经到了该休息的阶段了，父亲啊父亲，为什么您心里总揣着独龙江，就是想不到自己？

这次，高德荣没有沉默，而是掷地有声地回答："人活着就要做事，不然生命就没意义。独龙族同胞还很穷，我却在外面享福，这个脸我丢不起！独龙江发展必须有人走在前头，我是独龙族干部，受党的培养，独龙族人民需要我，我不上谁上？有人辛苦才有人幸福！"

"我离不开独龙江，不想在州里当官，我是人大代表，就要扎根到群众中间。"

"如果一定要我当官，那就让我当一个独龙江上的'钉子官'，因为我的根在那里。"

依然字字挚诚，句句朴素，这是一位心怀少数民族的优秀共产党员干部的底气和志气、梦想和尊严。"独龙江一天不摘掉落后的帽子，作为一个独龙江的干部,就一天不觉得光彩。"青年时代定下的人生方向从未有丝毫改变,独龙江仍是他魂牵梦绕的地方。作为独龙江的儿子,他终生背负着为母亲摘掉贫困落后帽子的重轭,为了实现让独龙族人民过上幸福的好日子的梦想而努力。

世界上果真有这样"傻"的官,这样好的人!上级领导还能说什么?只有两个字:"同意!"哗声渐消,敬意四起。已退休的妻子也陪他一起返回独龙江乡。这次距他们第一次一起返回独龙江乡,已过去近三十年。当时风华正茂,而今两鬓风霜。卅载不折民族志,归来仍是少年心。

三十年前回独龙江乡时,他只是一个赤手空拳、心怀抱负的小伙子,那时国家刚刚复苏,百废待兴。经过三十年在这片热土上的深耕勤践,笃行奋战,如今再次归来的高德荣不仅有情怀,有梦想,更有思路,有办法;而且现在是国富民强、政清人和的盛世,他预感到一个伟大的时代必将出现在独龙江。他号召独龙族人一起奋斗,为迎接这个时代做好准备。

"路通了,电有了,好山好水还在,我们最需要的是发展产业。"高德荣对乡亲们说出了他的发展思路。他请来了专家,验证了独龙江的气候土壤适合种植一种植物——草果。草果是一种广泛使用的植物香料,经济价值很高,更重要的是,种植草果无须开荒,既不破坏生态,又能带来收益。

一回到独龙江,高德荣就换上了干农活儿穿的粗布衣裤,投入了他的新项目——草果种植实验。他认为唱功好不如做功好,他先研究出一套种草果的好方法,老百姓才会学,学会了他们才能受益。

高德荣在独龙江边建了一个长方形的千脚木板房,前面是独龙江,江对岸高黎贡山的原始林地就是他的"秘密基地"。他每天早上背着工具,顺着临时搭起来的溜索摇摇晃晃溜过江,整天待在他的秘密基地里鼓捣泥巴和种子。"自己先学会,先弄懂,先找到市场,再推广给乡亲们,这样大家就能少走弯路,尽快致富。"这位副厅级干部是这样想的，也是这样默默做的。

通过那根又细又陡的溜索，他瘦弱的身子每天飘荡在独龙江上；原始森林里的一片青青草果苗，成了老县长的新希望。放弃了六库优越的办公条件，成天不顾日晒雨淋，在独龙江的密林里弯腰弓背，松土除草，浇水灌溉，精心培育，这是几年里老县长的生活常态。陶渊明选择"采菊东篱下，悠然见南山"，是品格，是性情；老县长"暮年殷勤侍田园"又是为什么？是为"他人展欢颜"，是为"中国梦"。这是境界，是一个共产党员的赤胆忠心。

说到草果种植实验过程，老县长谈起一次失败。有一天，他实在太忙，忘记过江揭开苗圃上的薄膜。等第二天早上过去一看，那垄幼苗因为温度过高，全烧坏了。老县长痛心地思考了半天：自己如此精心照料，也只因一次疏忽，就浪费了一万元成本的幼苗和一个月的心血，老百姓能保证万无一失吗？他们又如何承担得起这样大的经济风险？

老县长说，感谢这次失败，正是这次失败让

他开始思考，如何改变种植方式、降低种植成本。办法肯定有！在哪儿？高德荣不停地做实验。很快，他就从环保立体生态的角度打开了思路。盖膜是为了让草果避免阳光直射，草果一见阳光就蔫了。如果不盖呢？直接种在林荫下，是不是能达到同样的效果？独龙江到处是原始森林，不正是一张天然的"绿膜"吗？

经过几次实验，功夫不负有心人，林下间种成功了。这样既省去了盖膜揭膜的劳作，也大大降低了生产成本和种植风险！就这样日夜劳作，经过三年的生长周期，秘密基地的草果终于结出了饱满诱人的红果果。老县长饱经日晒雨淋的脸上，终于露出了欣慰的笑容。

当时老百姓对草果一无所知，他们大部分人仍然靠养羊、养独龙牛、种植玉米和打鱼为生。老县长在每个村挑选了一些种植好手，把他们请到了秘密基地里亲自进行培训，手把手教他们草果的种植方法。到了晚上，大家就留宿在这里，老县长亲自为大家烧水、做饭，秘密基地变成了一个饭菜飘香、欢声笑语的家。

老县长的"秘密基地"

吃过饭,围坐在火塘边,老县长给大家讲故事,讲发展,讲环保。他指着火塘:"我烧的这些柴火都是从独龙江边捡来的,不是从山上砍来的,我们要少砍树,不砍树。"他叮嘱大家:"我们民族要形成一种好传统:不炸鱼,不毒鱼,不电鱼,不猎杀野生动物,把好山好水保护好。"他还津津乐道:"我们现在慢慢发展起来了,精神也要提起来,光是青山绿水和漂亮的房子不行,人也要漂亮才行……"这些语重心长的话,就像草果种子,播在参加培训的村民的心中。

村民学会种植草果后,老县长分发草果苗给他们回去栽种。在基地,培训、食宿、草果苗全部免费。后来,独龙江人自豪地把老县长的秘密基地叫作"草果大学"。

要改变农民的劳作方式,让草果种植形成产业规模,并不是一件容易的事。草果需要三年才能见收成,老百姓心里没底,刚开始并不愿尝试。有人领了免费发放的草果苗,回家的路上就偷偷丢弃。老县长开始挨家挨户宣传动员,向大家讲解草果种植的好处,为大家解开疑惑,消除顾虑。他承诺自己亲自教到底，从幼苗到挂果，他全程陪伴辅导。他承诺草果有很好的市场价值，只要大家生产得好，市场一定很大……他就这样一村一落、一家一户地劝说，人们保守的思想开始松动，逐渐开始尝试草果种植。

高德荣不仅在"秘密基地"中实验种植草果，后来还在这里对全乡的老百姓进行种植、苗圃管理、杀虫等方面的技术培训，并将质量优等的品种分苗，无偿分发给老百姓。就这样，从请辞回到独龙江时算起，老县长花了六年的时间研究、推广草果种植项目。在他的带动和帮助下，独龙族村民种植草果的热情逐渐高涨，草果产量很快得到提高，连年翻倍，老百姓获得了可观的收入。

深秋是草果收获的时节，独龙江两岸的坡地上，高黎贡山和担当力卡山的原始森林中，到处生长着翠绿的草果。累累果实挂在根部，像一串串红彤彤的小太阳，又像一颗颗美丽的红宝石。这些宝贝成为独龙江乡独特的风景，草果种植也成为独龙江乡重要的致富产业。像老县长期望的那样，草果成了独龙族同胞致富的"金果果"。

二〇一二年，独龙江乡草果产量五百公斤以上的已有二十户，全乡草果收成达到八十吨。按每公斤六元六角计算，仅草果一项，全乡农民收入近五十三万元。草果种植产业在独龙江乡顺利落户，实现了独龙族发展史上农业产业化、规模化的首次突破。二〇一三年，独龙江乡草果种植再次丰收，种植面积达四万多亩，收获达二百八十四吨，全乡收入二百多万元。在丰收的盛景面前，独龙族人笑得欢畅，看着这些给他们带来丰厚收入的"金果果"，他们不敢相信美梦竟然成真了。他们抓住老县长的手，感激他带来了好运。

看着"金果果"映红了乡亲们的笑脸，看着他们陶醉满足的神情，高德荣欣慰地说："美梦是靠汗水浇灌出来的，幸福的日子是靠党的好政策奋斗出来的。"是的，历史终于被改写，独龙江的土地终于不再生产贫困，这片浸满泪水的土地终于结出了幸福的"致富果"。

在草果种植推广取得成效后，老县长又把目

光转向了别处。如果你来到独龙江，走在森林坡地上，不时会发现树丫或者山洞边，放置着原木桶，中间开着个小窗，上面密封着，有的压着几块石头，看上去很是原始古朴。仔细一听，里面传来一阵熟悉的嗡嗡声。没错，这就是当地的蜂箱，这种蜜蜂是中国特有的，叫中华蜂，是一种很适合山区饲养的蜜蜂。

独龙江得天独厚的森林植被，是天然的养蜂场所。老县长在各个蜂种中选了中华蜂，开始研究如何在独龙江的环境中提高它的产蜜量。他拿出了养蜂专业户的热情，观察中华蜂的特性，用科学实用的方式改良蜂箱，总结出了一套中华蜂的特色养殖法。他韧性足，舍得下功夫，舍得动脑筋，四年时间，他又变成了一名养蜂专家。他的中华蜂存桶率高达百分之八十。

巴坡当地有一位出名的养蜂人，养蜂很多年了，经验也算丰富，但是蜂蜜产量不到老县长的三分之一。这位行家一说起老县长养蜂，就心悦诚服地竖起大拇指。在老县长的指点下，他现在的蜂蜜产量也提高了很多，收入翻了几倍。

养蜂很有前景，老县长把自己养蜂的经验总结下来，传授给乡亲们，进一步在独龙江乡推广中华蜂的养殖。养中华蜂一定要做好蜂箱，引来蜜蜂筑巢酿蜜，老县长开发的使用油锯制作蜂箱的做法，就大大提高了效率，本来一个人一天只能做一个蜂箱，现在可以做十个蜂箱。如今，原生态的蜂箱在独龙江随处可见，中华蜂的养殖不仅有利于生态环境的保护，同时也给独龙江人民带来了可观的收益。仅草果和养蜂这两项，就让独龙族群众平均每人每年增加收入一千七百多元。

独龙江原始山林中不只有蜜蜂在飞舞，更是在慢慢沉淀着、发酵着幸福和甜蜜。以推广草果种植的成功经验为开端，老县长带领独龙族群众摸索多年，逐步找到了适合独龙江发展的草果、重楼、漆树等经济作物种植项目，找到了中华蜂、独龙鸡养殖等致富产业。他积极开展示范培训，广泛动员独龙族群众靠产业致富。老县长还团结了当地一批有担当、肯吃苦的党员干部，带领他们一起上山找野生种苗，让他们率先带头种植,参与农户种植过程的各种管理、培训工作,他们逐渐成为老县长带领独龙族勤劳致富的得力助手。老县长夸他们是独龙江"致富的种子"。在党和政府的支持下,高德荣依靠群众"实干",顺应规律"善干",不断创新"巧干"。"心怀民族梦,勤送致富经。"他带领独龙族同胞艰苦奋斗,创造了一个又一个传奇,让独龙江贫瘠的田地不再是软肋,反而变成了致富的"绿色银行"。他率领独龙族群众在这片"绿色银行"里存下了勤劳自立,积蓄了财富尊严,走出了一条自力更生、自立自强、勤劳致富、科学发展的民族致富之路,渐渐结出丰硕的成果。

天堑变通途

独龙江乡终于迎来了久久盼望的伟大的历史机遇。"一个都不能掉队。"在习近平总书记的批示下，在党中央、国务院的关怀下，二〇一〇年，云南省启动独龙江乡整乡推进、独龙族整族帮扶工作。总投资十亿元，计划用三到五年时间，在独龙江乡实施"安居温饱、基础设施、产业发展、社会事业、素质提高、生态环境保护与建设"六大工程。高德荣被任命为独龙江乡整乡推进、独龙族整族帮扶综合发展工作领导小组副组长。

"这是一个伟大的国家，这是一个伟大的时代。"热血沸腾的高德荣真想停下奔波的脚步，写一首动人心魄的歌。党和政府没有忘记受尽磨难、生活贫困的独龙族。这里虽然人少，却是攻坚战中最难啃的"硬骨头"。这次，我们不畏艰难地向它主动开战了。

很快，打通独龙江隧道的工程队开进来，打通独龙江乡村公路的工程队开进来，建造通信电话网络基地的工程队开进来，建造民用安居房的工程队开进来，研究独龙江生态开发的科学专家开进来……闭塞多年的独龙江被纳入伟大的工程建设中。为了独龙江人民的幸福生活，国家投入了大量财力、人力、物力，全面支持独龙江的建设。

高德荣连写首歌歌颂这一切的时间都没有了，他实在太忙，每天只睡三四个小时，还是觉得时间不够用。他有条不紊地坐镇指挥，奔波在各项建设工程中，赶赴需要他解决难题的第一线，还要随时处理拆迁中群众出现的问题，解决群众生产中的困难……为了最大限度节省路上的时间，他随身带着一张布质的独龙江地图，如果谁要找他，他会随时设计最佳路线，第一时间赶过去。

施工作业最大的干扰来自恶劣的气候条件。独龙江雨季长，一下雨就无法进行施工作业，工程进度缓慢，工人也拿不到工资，只能干着急。高德荣想出了解决办法，用篷布和雨布在划定的施工区域撑起"防雨装置"，这样即使在下雨时，也能保证可以进行户外施工。这个点子很快在全乡帮扶工程点得到推广。"老县长的办法战胜了爱流眼泪的老天爷！"工程队队员幽默地说。

　　高德荣也是火眼金睛的督工监理，哪里没过关，工人们知道老县长决不会留情。老县长是工人们的定心丸，有工程难题出现时，高德荣会和大家一起想办法，直到问题解决才离开。他们只要保质保量做到最好，就会得到老县长的表扬。节假日，老县长还会送来点心、礼物慰问。有人开玩笑说，这老县长，是不是真心、贴心、暖心的"三心牌"全能服务器？高德荣这么多年苦苦奋斗，最艰苦的是路；独龙江贫困的根本原因也是路。这么多年来，老县长四处奔走呼吁，取得支持，使独龙江的路从无到有，从人马驿道，到独龙江公路。这是一架"天梯"，可是这架"天梯"在建设初期大量使用了木桥、木函、木挡墙，这些结构承载能力差，抗灾能力弱，使用多年，木质腐烂，安全隐患多。特别是高黎贡山黑普坡罗隧道两端，各约有十二公里路，每年有半年的时间因大雪封山无法通行。独龙江与世隔绝半年的历史还在延续。这是独龙江的痛处，也是高德荣的痛处。没有路，就没有发展。在历届人大会议上，高德荣大声呼吁改造独龙江公路，实现独龙江真正与外界全年通行。

这一天终于来了。二〇一〇年独龙江乡整乡推进、独龙族整族帮扶工作把独龙江公路改造列为优先重点项目。同年，总投资七亿八千万元的独龙江公路改建工程启动，高德荣承担项目施工指挥工作。隧道施工要克服诸多世界性技术难题，这是公路工程建设上一次艰巨的挑战。再难，也要攻下。老县长表示会全程跟进，与武警交通部队建筑工程队共克难关，给他们吃了一颗定心丸。

再没有人比他更熟悉高黎贡山的地形和气候条件了。每年他都在大雪封山前后帮忙刨雪，还经历过雪崩。很多次他盯着白雪皑皑的高黎贡山，想象童年时代的英雄巨人阿角朋，抬起手臂，搬开雪峰，为独龙族人开出一条路。

他琢磨了很多年，如果哪天能在这里打通一条路，哪个点最合适，哪条路最合适。虽然他学的是师范专业，但这些年来与各种工程打交道，他已经把自己琢磨成了一个"工程师"。

当和武警交通部队建筑工程队的指挥员聊起自己的想法时，这位老县长让人刮目相看，以至于后期关键工程，每一步他们都会跟高德荣商量，听取他的意见。哪里地质活跃，千万不能动？哪里可能会出现雪崩？哪种条件下开凿最合理？他将自己的经验、观察和思考分享给工程队，确保施工安全，工程顺利进行。

三年多，他全程跟进工程进度，经常跋涉在高山峻岭中。他的司机回忆起陪老县长勘测工地时，遭遇黑熊、狼等野生动物的危险经历，最骇人的一次是他们迎面遇见了熊。两只体形硕大的黑熊慢慢向他们走来，当时他们吓得愣在原地，屏住呼吸一动不动，幸亏两只大家伙对他们没那么好奇，吼了两声，就掉头爬上山了。两人惊出一身冷汗。体形如此巨大的黑熊，只消轻轻拍一下，人全身骨头都会散架，后果不堪设想。

这里高寒缺氧的环境，对工程队来说实在艰苦。老县长关心工程进度，也关心工程队的生活。尤其在大雪封山的季节，补给很难及时送达，老县长经常冒着严寒上山慰问，还带上蔬果和肉类，为工程队提供足够的热量抗寒。

因为大雪封山，在施工期间，施工部队的官兵们接连三个春节都没回家，老县长请他们到自己家中吃团圆饭。老县长从小对军人感情很深，他称呼他们是"新时期最可爱的人"，感谢他们为独龙江的奉献和付出。高德荣亲自为他们做饭斟酒，为他们办联欢会，在温暖的火塘边唱部队里的歌曲，让他们过一个载歌载舞的热闹节日，缓解他们的乡愁，让他们在千里之外体会到家的温暖。一位隧道施工人员说过这样一段话："在这里，我认识了一座山、一条江、一个人。山，即高黎贡山；江，即独龙江；人，即高德荣。"老县长在他心里，有与山水同等的分量。独龙江六大工程同步施工，老县长每天拿着地图和施工图纸，在各个建设工地之间来回奔波。他实在太忙，随行人员吃惊地发现他每天早上一口气吃一大把药丸，原来他是把医生叮嘱分早中晚三次服用的药丸一股脑儿全吃了，因为他一出门就会忙得团团转，连按时分次吃药的时间都没有。随行人员担心地劝他，他呵呵一笑："没事，没事。"

二〇一四年元旦前夕，高德荣和独龙江群众一起给习近平总书记写信，汇报独龙江隧道即将贯通的喜讯。习近平总书记收到来信后做出重要批示，希望独龙族群众"加快脱贫致富步伐，早日实现与全国其他兄弟民族一道过上小康生活的美好梦想"。习近平总书记的重要批示让工程队和独龙族人民无限振奋，大家感受到了总书记对独龙族的厚爱，看到了总书记为独龙族勾画的未来的美好蓝图。高德荣代表欢喜的独龙族人民表达心声："独龙族人民永远感谢习近平总书记，永远感谢共产党，永远听共产党的话，永远跟着共产党走！"

就在公路隧道进行内部清理的最后阶段，发

生了一个不幸事件——一名五岁的独龙族女孩被严重烧伤，生命危在旦夕，必须立即转移抢救。当求救电话打给老县长时，他正在隧道施工现场。怎么办？时间就是生命。如果走老路，至少需要一天时间才能把女孩送出独龙江。老县长立即与施工队长商量，临时启用即将贯通的隧道。

在工程车辆的护送下，这名受伤的女孩穿过隧道，被及时转运出独龙江，前后只花了三个小时。由于抢救及时，女孩脱离了生命危险。然后由贡山到怒江，由怒江到保山，由保山到昆明，由昆明到北京，经过这场从独龙江到北京跨越万里的生命大营救，经过医护人员的精心救护，这名小女孩奇迹般康复了。高黎贡山的巨石被现代阿角朋搬开了，小女孩成了独龙江隧道的第一位受益者！女孩的父亲为此深深感恩："幸亏隧道及时打通，晚一天都不行。没有老县长，隧道不会修得这么快。老县长给了女儿第二次生命，是我们一家人的救命恩人。"

二〇一四年四月十日，天刚亮，高德荣就满脸喜气地招呼大伙儿上山采野杜鹃花。野杜鹃花在独龙江叫独龙花,也叫英雄花。他这个人向来宠辱不惊,但是今天他的心情是迫不及待的,是喜悦难抑的,仿佛这天已经等了一辈子那么久了。

这一天是高黎贡山独龙江隧道实施"最后一爆"的日子。这最后一爆,意味着独龙族人千百年祈求的"天梯"真正贯通,独龙人因大雪封山而每年与世隔绝半年的历史将永远翻过。上午十点,一阵隆隆巨响,震响了高黎贡山的山谷、独龙江的江水,震动了独龙族千百年来被困的命运。站在山岭上的老县长听着这声巨响,望着升腾的烟雾,内心汹涌,他情不自禁地对着山谷呐喊:"中国共产党万岁!"

中午时分,全长六点六八公里的高黎贡山独龙江隧道全线贯通。老县长挎着满满一篮子野杜鹃花,笑眯眯地向修路的武警交通部队建筑工程队的建设者献花,把一朵朵水灵灵的花朵戴在他们胸前。"英雄的花朵献英雄,我代表独龙族人民向功臣们献花,感谢你们帮我们独龙族实现了通路的梦想。"工程队指挥员在花篮中挑了一朵最美丽的英雄花,戴在高德荣的胸前:"老县长,您才是我们心中的大英雄、大功臣。没有您的支持,就没有今天的成功!"像很多年前解放军第一次给自己戴上鲜艳的红领巾,高德荣像当年那个纯真的孩子,眼含泪花,满脸灿烂的笑。

天堑变通途,独龙江彻底打通通往外界的道路,从此彻底结束每年大雪封山半年的历史,实现全年通车。独龙江的生命线真正贯通,独龙江经济发展的大动脉也随之更加有力地跳动,一条通向全面小康生活目标的"脱贫路""开放路""致富路"随之开通。独龙族,这个历经沧桑的民族,那架闪耀着神话色彩,代表这个民族所有美好梦想的伟大"天梯",在党和国家的大力支持和关心下,在社会各界的大力帮助下,经过以高德荣为代表的整整一代人筚路蓝缕地奋斗,终于修好,独龙江进入了一个划时代的新纪元。

一跃千年

二〇一四年五月，高德荣光荣退休。经过一个甲子的奋斗，留下了一身劳累病痛。没有假日，没有上下班节点，他一年三百六十五天一天不落地为独龙族的发展奔忙，事无巨细，亲力亲为。这位艰苦奋斗半世的老人，实在应该停下匆匆步履，好好让自己喘口气，休整一番了。但是，独龙族整族脱贫正处在攻坚阶段，工作离不开他，独龙江离不开他，他也放不下独龙江的一切。他说："职务可以退，党员义务不能退，我还要和独龙族群众一起干，干出活路。"他忘记病痛，不管岁月，退而不休，依然毫不懈怠，干劲十足，继续奔忙在推进独龙族脱贫致富奔小康的发展之路上。

二〇一四年十月，独龙江乡实现了世世代代无法想象的田园梦——农村安居房建设工程项目全部完成，全乡四十多个村寨的一千零八十六户，四千多名独龙族村民彻底告别了低矮破旧的茅草屋、垛木房，全部住进了窗明几净，装饰着民族特色图案的砖瓦安居房。

二〇一五年一月二十日，习近平总书记在昆明会见怒江州贡山独龙族怒族自治县干部群众代表。习近平总书记对大家说，独龙族这个名字是周总理起的，虽然只有六千九百多人，人口不多，但也是中华民族大家庭平等的一员，在中华人民共和国、中华民族大家庭之中骄傲地、有尊严地生活着，在中国共产党领导下，同各民族人民一起努力工作，为全面建成小康社会的目标奋斗。

会见结束后，高德荣回到独龙江激动地告诉独龙族群众："习近平总书记的手很温暖，我当时感觉到，那是祖国母亲的温暖，通过总书记传达给我们独龙族。乡亲们，好好记住总书记对我们说的话，加油干！"

二〇一五年一月二十九日，习近平总书记指出，全面实现小康，少数民族一个都不能少，一个都不能掉队，要以时不我待的担当精神，创新工作思路，加大扶持力度，因地制宜，精准发力，确保如期啃下少数民族脱贫这块"硬骨头"，确保各族群众如期实现全面小康。

习近平总书记的关心和指示、社会各界的大力支持和鼓励，让独龙族人深受鼓舞。高德荣带领独龙族人热火朝天地投入建设、生产，阔步前进。独龙江隧道贯通后的几年中，独龙江乡取得了前所未有的大丰收。

二〇一四年，独龙江乡第一个4G基站建成开通；二〇一五年，云南省首个乡镇级"移动互联网+项目办公室"在独龙江乡揭牌；二〇一六年，独龙族成为我国第一个整族进入4G时代的民族。4G让外边的世界了解独龙江，也让独龙江走向全世界。中国移动还向全乡十八岁以上、六十岁以下的独龙族群众每人赠送一部智能手机。在国家"互联网+"战略的推动下，一条"信息高速公路"正穿过高黎贡山,跨越独龙江,"互联网"应用遍地开花。

截至二〇一七年底,独龙江乡草果种植面积达到66000多亩,挂果面积25375亩,产量742吨,收入达1400多万元。目前,独龙江乡的草果产业已成为全乡助农增收的主导产业,成为独龙江名副其实的"致富果"。农民人均经济纯收入4959元,比二〇一三年增长百分之九十三。

全乡六个村委会、二十六个自然村全部通了柏油路或水泥路,并实现了通电、通电话、通广播电视、通安全饮水的目标。独龙族第一次有了纵贯南北、覆盖全乡的电力和通信网络,第一次有了方便快捷的金融服务网点,极大地促进了独龙江乡生产力的发展。

教育、卫生、民政等一大批民生项目建成并投入使用,独龙族小学生入学率、巩固率和升学率连续五年均保持百分之百,养老保险和新农合参保率均为百分之百,全族人均受教育年限不断提高。独龙族有了第一个女硕士研究生。独龙族也有了第一个敬老院，三十三名独龙族孤寡老人得到集中照顾。

通过几年努力，独龙江乡已成为贡山县最漂亮的乡镇，也是云南省颇具特色和魅力的乡镇之一。百姓的居住环境大大改善，昔日简陋的茅草房、垛木房、竹篾房已被水电入户、卫生整洁、广播电视设施齐全的安居房取代。一座座整齐有序、村容整洁的独龙族新村拔地而起，"破、旧、脏、乱"的农村形象已一去不复返，独龙江乡已成为贡山县安居工程建设的典范和旅游观光的一张新"名片"。独龙江乡政府所在地孔当镇已成为一个集观光、科考、探险、旅游为一体的独具特色的边境小镇。二〇一八年底，独龙江乡传来好消息——独龙族整族脱贫，贫困发生率下降到了百分之二点六三。孩子们享受着十四年免费教育，群众看病有了保障。独龙族整族脱贫，一跃千年奔小康。独龙江乡荣获"全国脱贫攻坚组织创新奖"。

独龙族整族脱贫，证明伟大民族梦想的实现，离不开党的领导；独龙族整族脱贫，体现了中国特色社会主义制度的优越性，为全世界其他贫困地区提供了可借鉴、复制、推广的脱贫样板，是我国加快人口较少民族跨越式发展的生动实践，给其他少数民族脱贫树立了榜样，带来了动力。

高德荣带领当地群众委托乡党委给习近平总书记写信，汇报独龙族实现整族脱贫的喜讯，表达继续坚定信心跟党走，为建设好家乡同心奋斗的决心。"独龙人民有这样的幸福生活，离不开党中央的亲切关怀，独龙人民感党恩，听党话，跟党走。"

二〇一九年四月十日，习近平总书记给独龙江乡群众回信，祝贺独龙族实现整族脱贫，勉励乡亲们为过上更加幸福美好的生活继续团结奋斗。总书记在信中这样写道："让各族群众都过上好日子，是我一直以来的心愿，也是我们共同奋斗的目标。新中国成立后，独龙族告别了刀耕火种的原始生活。进入新时代，独龙族摆脱了长期存在的贫困状况。这生动说明，有党的坚强领导，有广大人民群众的团结奋斗，人民追求幸福生活的梦想一定能够实现。脱贫只是第一步，更好的日子还在后头。希望乡亲们再接再厉、奋发图强，同心协力建设好家乡、守护好边疆，努力创造独龙族更加美好的明天。"

在群众庆祝集会上，高德荣代表独龙族同胞表达心中的肺腑之言："独龙族整族脱贫，是献给祖国七十华诞的最好礼物。独龙族的当代史，是一部感天动地的感恩史。独龙族的每一点儿发展都来之不易，得到的每一份帮助都弥足珍贵。独龙人民永远感谢共产党，永远听共产党的话，永远跟着共产党走！"

二〇一九年五月十四日，高德荣拨通了云南首个5G电话，连线对话工信部组织的中央媒体云南行采访团，这是云南首个双向5G语音和高清视频通话，预示着独龙江乡5G时代即将到来，先进的信息技术将更好地助推独龙族的发展。

作为独龙族通信变迁的亲历者，老县长如数家珍，给大家上了一堂独龙族通信发展史课。历史上，独龙族使用木刻传信，到二十世纪七十年代，他担任独龙江乡乡长时，发明了"放炮传信"：重要会议、紧急会议响两次，一般会议响一次。这种"放炮传信"的方式沿用了十多年。

二〇〇四年十月,中国移动在独龙江乡开通了移动通信网络,结束了独龙江乡不通移动电话的历史。当时乡上还没有电,通信基站靠的是自备水力发电装置。当时,作为贡山县县长的高德荣,从独龙江乡用手机拨出了第一个电话,向国家民委汇报了独龙江乡开通移动电话的消息。如今,这部手机和当时通话的照片都被收藏进了独龙族博物馆。

二〇一四年六月,独龙江乡开通中国移动4G网络,当年即实现六个村及风景区4G网络全覆盖。伴随着通信升级,独龙族群众加快拥抱现代文明。人们通过手机看新闻、看视频,普通话听多了以后,说得也更标准了。移动支付在独龙江乡已经普及,从乡镇到村寨的大小商店都可以使用。电商创业在高山峡谷中流行起来,快递收件量快速增长,还有人通过网络把蜂蜜、羊肚菌等山货卖到外面。而现在,高清视频通话已经实现,5G时代即将到来。老县长笑得比谁都开心:"现在,咱们独龙江的网速比美国都快。"

每年六一儿童节，高德荣都会早早赶到学校，为孩子们筹备庆祝活动，把筹集到的款项作为奖学金发给品学兼优的孩子。多年前他带头在县政府干部中为儿童节募捐，作为专项奖学金颁发给孩子们，这个传统持续至今。平时下乡途中路过学校，只要有空，他都会进学校看看。当他出现在校门口，孩子们像迎接老熟人一样迎接他，抓着他的手，扯着他的衣袖，攀在他的膝上、肩上，围着他给他显摆手里的"宝贝"——一块形状奇怪的石头、一块没舍得吃的糖果、一张得了满分的试卷……他笑呵呵地听他们七嘴八舌地说话，细心地询问他们吃得好不好，睡得好不好，学得好不好。

现在独龙江乡有了自己的中学，实行十四年免费教育，再也用不着一家家、一户户劝家长送辍学的孩子回学校上学了。路通了，家长的教育观念也提升了，都愿意让孩子多学些文化知识。现在，所有独龙族的学龄孩子都能在宽敞明亮的教室里学习，教室再也不会到处漏风；饮食营养丰富，孩子们再也不会饿得面黄肌瘦。

许多志愿者来独龙江支教，现在高德荣怀里揣的"宝贝"越来越多了。那些他当初资助的独龙族贫困家庭的孩子，如今已经学成归来，成为独龙江发展的新力量，让他非常欣慰。他深知，经济脱贫容易，思想脱贫困难。要让独龙江的新一代享受现代知识文明，让更多的孩子走出独龙江，才能实现文化反哺，促进独龙江更进一步的发展。

他喜欢给孩子们讲故事，他的故事总是很励志，充满着感情，他总说："今天的好日子不是白来的，孩子们，要有感恩的心，要记住中国共产党的恩情，要记住社会各界对我们的帮助。"他鼓励孩子们："总书记说，脱贫只是第一步，更好的日子还在后头。孩子们，未来的希望都在你们身上，好好学习，独龙江后头的好日子靠你们呢。"他看孩子们的目光如同爷爷看孙辈那样宠爱、慈祥、柔软，充满无限的期待和欣赏；孩子们则用亮晶晶的目光回应着他，那是一种对精神英雄的神圣仰望。

独龙族的儿子

直面独龙江的封闭、独龙族的贫困,高德荣把"带领独龙族群众改变贫困落后面貌,在全面建成小康社会中不掉队、不落伍,让群众过上更好的日子"作为奋斗目标和人生梦想,四十余年如一日,坚守独龙江乡,全身心投入到整乡推进、整族帮扶的脱贫攻坚工作中,为推进独龙江经济发展、社会进步,实现独龙族向现代文明的跨越做出了突出的贡献,党和国家授予他多个荣誉称号。

二〇一四年十二月,中央宣传部授予高德荣"时代楷模"称号。

二〇一五年二月，中央组织部授予高德荣"全国优秀共产党员"称号。

二〇一五年十月，高德荣获全国敬业奉献模范称号。

二〇一六年十月，高德荣获二〇一六年全国脱贫攻坚奖。

二〇一九年九月，国家主席习近平签署主席令，授予高德荣"人民楷模"国家荣誉称号。在人民大会堂举行的颁授仪式上对他的评价是："高德荣，人民楷模，少数民族脱贫攻坚的带头人，三十年来为实现独龙族整族脱贫和当地经济社会跨越式发展作出重大贡献。"

二〇一九年九月，高德荣获"最美奋斗者"个人称号。

高德荣接受颁奖后从北京回到独龙江，他很感恩："这是对我最大的鼓舞和鞭策。"但是，他也强调："这是至高无上的荣誉，这个荣誉不是我个人的，是云南四千多万各族人民的。"他珍惜这份荣誉，仔细收藏好所有勋章，把习总书记给他颁奖的照片摆在客厅的木柜上。他又换上那套数十年不变的老行头，朴素的旧布衣上别着一枚闪亮的党徽，他说："我要不骄不躁，继续同大家一起奋斗，为实现'两个一百年'奋斗目标，为实现中华民族伟大复兴的中国梦而奋斗。"

他想写点什么，不过这次不是写歌。他铺开了红纸，屏气凝神，写了一副对联，上联是"我奋斗"，下联是"我幸福"，横批"奔小康"。他的字像他的穿着一样朴素，又像他的气质一样清瘦，带着一丝不苟的认真和又直又稳的端正。他把这副对联贴在他家木板房的大门口，他的"秘密基地"门口也贴了同样的一副。他说："从今天开始，忘记所有荣誉，记住独龙族刚刚整族脱贫，记住独龙族奔小康还在起跑线上，时刻提醒自己奋斗到底，幸福到底。"

他又过起了几十年如一日的生活，像个最普通的农民老伯，奔波在独龙江乡的道路、小镇、边境站、学校、田间或者老乡的火塘边，他要带着独龙族同胞继续奔小康。

有人说："您是独龙族的带头人。"老县长不假思索地反驳:"我高德荣是独龙族的儿子,共产党才是独龙族的领路人。独龙族什么都可以忘记,就是不能忘记共产党的恩情。"

新华社记者曾问过他,您像阿角朋吗?老县长回答:"共产党和兄弟民族,才是我们独龙族人的阿角朋。"

答复新华社记者提问时,他同时也为自己多年一直思考的问题给出了答案。在独龙江发展进程中,尤其在独龙江脱贫攻坚关键的这几年,他深深体会到,一个民族单靠个人苦干,再呕心沥血,也不可能取得决定性的胜利。没有党的有力领导,没有国家政策的大力帮扶,没有社会各界的积极支持,没有广大群众的努力创造,独龙族绝不可能从原始社会直接过渡到社会主义社会,真正实现整族脱贫,一跃千年。

高德荣是一个实干家、苦干家,也是一个清醒的思考者、观察者。所以,危难时,他奋不顾身;胜利时,他谦逊感恩。最终,他找到了自己苦苦寻找多年的答案,能帮独龙族摆脱贫困,带来幸福的英雄阿角朋,是共产党,是兄弟民族。

他把全部荣耀归于帮助独龙族走到美好今天的助力者，他深深感恩。

多年前，他说有人辛苦才有人幸福。现在，他把幸福的标准定性为奋斗，奋斗就是幸福，奋斗才会幸福。很多人的辛苦奋斗，使一个民族有了未来和希望，因此一切辛苦奋斗都是值得的。高德荣对奋斗和幸福的认识、境界在不断提升。是的，他的一生就是奋斗的一生。所以，他的一生何其幸福！

他少年立志，希望自己能成为带领独龙族摆脱贫困的英雄，找到让独龙族兄弟姐妹吃饱穿暖，过上好日子的方法。为了实现这个梦想，他摆脱了个人的欲望和世俗的价值观，找到了中国共产党这个先进组织，让自己的梦想和共产主义的奋斗目标结合在一起，最终美梦成真。所以，他是幸福的。

他的志向，不是凡人之志，是英雄的情怀和气魄，但他又脚踏实地地踩在群众的泥土中，接地气，有底气，用一颗平凡真心，真情善意地对待群众、同事、下属，对待每一个人。于是，在他身上，平凡和伟大无缝衔接，高尚和亲切浑然一体，没有哪个英雄的模板可以套用，他是独特的，是一个在独龙江的山水之间，虎虎有生气的"人民楷模"，是一个会梦、会干、会想、会学，会为了老百姓的利益发挥自身一切潜能，不断创造奇迹的"大志者"和"大智者"。

习近平总书记说过："崇尚英雄才会产生英雄，争做英雄才能英雄辈出！"少年时代，高德荣崇尚解放军、雷锋，于是立志要做像他们一样为人民服务、奉献的大英雄，五十二年后，他的名字与雷锋的名字同时出现在"最美奋斗者"的名单上，这正是"崇尚英雄才会产生英雄，争做英雄才能英雄辈出"的最好印证。

如果你有机会去独龙江，你会看到独龙族现在安居的橙红色房子，像一个个甜蜜幸福的"金果果"，又像一条条绚烂璀璨的独龙毯，齐整亮丽地镶嵌在独龙江两岸。独龙江边家家户户的屋顶上都插着一面鲜艳的五星红旗，在中国西南边境线上迎风招展。它们仿佛在默默宣告：我们以祖国为豪，我们是中华民族大家庭中的一分子；祖国以我们为豪，我们为祖国守好边疆每寸国土。

也许你会在独龙江边遇见一个慈祥的老人，他可能正在种树，也可能正在捡拾江边的垃圾。如果跟他攀谈，会发现他像珍爱眼睛那样珍爱着独龙江的一草、一木、一滴水、一朵花，他会告诉你，独龙江是天然的野生植物博物馆和野生动物王国。独龙江欢迎全世界的科学家前来考察研究，也欢迎文明的游客来独龙江呼吸从未受过任何污染的清新空气，欣赏这里独特的美丽景色。你也许会被他渊博的知识和幽默的谈吐吸引，暗暗心惊，原来高手在民间。也许到最后你都不会觉察到，他就是独龙族带头人、"老县长"高德荣，是独龙族走出来的"最大的干部，也是最不像干部的干部"。

事实上，独龙族群众连砍伐一棵树都要向他请示，这种请示不是因为怕他，而是因为敬他。因为很多年以来，他把独龙族的事当成自己的事，把每个独龙族同胞的梦想当成自己的梦想。放弃个人享受、待遇，与他们同甘共苦、同喜同悲、艰苦奋斗，在中国共产党的领导下，以毕生奋斗换来独龙族今天的美好生活。一切来之不易，他和他的民族对党和国家的恩情充满感激。他们会守好这方山水，继续在保护中发展，在发展中保护，让祖国的西南边境美丽安宁，让祖国为独龙族骄傲。

如果你到了独龙江，遇见这位看上去普普通通的老人，请代我转达敬意，因为，他就是我心目中的英雄。

致敬英雄。祝福"最美奋斗者"高德荣。祝福独龙族早日实现小康梦。